U0330066

Liang Tsong Tai

梁宗岱译集

交错集

〔奥〕里尔克 等著 梁宗岱 译 刘志侠 校注

IV

华东师范大学出版社

图书在版编目(CIP)数据

交错集/(奥)里尔克等著;梁宗岱译;刘志侠校注.—上海:
华东师范大学出版社,2016.6
ISBN 978-7-5675-4507-6

Ⅰ.①交… Ⅱ.①里… ②梁… ③刘… Ⅲ.①短篇小说-小
说集-世界②话剧剧本-剧本-印度-现代 Ⅳ.①I11

中国版本图书馆CIP数据核字(2016)第132359号

交错集

著　　者　〔奥〕里尔克 等
译　　者　梁宗岱
校　　注　刘志侠
项目编辑　陈　斌　许　静
审读编辑　许引泉
特约编辑　何家炜
装帧设计　高静芳

出版发行　华东师范大学出版社
社　　址　上海市中山北路3663号　邮编200062
网　　址　www.ecnupress.com.cn
电　　话　021-60821666　行政传真 021-62572105
客服电话　021-62865537
门市(邮购)电话　021-62869887
门市地址　上海市中山北路3663号华东师范大学校内先锋路口
网　　店　http://hdsdcbs.tmall.com

印刷者　上海利丰雅高印刷有限公司
开　　本　889×1194　32开
印　　张　5.375
插　　页　5
字　　数　88千字
版　　次　2016年9月第1次
印　　次　2018年12月第2次
书　　号　ISBN 978-7-5675-4507-6/I.1486
定　　价　30.00元

出 版 人　王　焰

(如发现本版图书有印订质量问题,请寄回本社客服中心调换或电话021-62865537联系)

编辑说明

《交错集》是梁宗岱生前出版的三本译文集之一，收入八篇短篇小说。这本集子虽然出版于一九四三年，但翻译日期从一九二三年至一九三六年，因此带有明显的新文学时期的印痕。当时的翻译被视为引进西方文化的一种手段，译者的一个重要任务是介绍尚未广为人知的外国作家。在这个过程中，译者的文学知识、触觉和眼光成为关键。如果看中平庸的外国作家的作品，译作的生命便很短促，反之，选择到真正重要的作家和作品，便有长久存在的价值。

《交错集》属于后一类集子，总共收入四位作家的作品。印度的泰戈尔和德国的贺夫曼都是世界知名的经典作家。法国的鲁易斯作品不多，但其风格独特，作品至今仍在重印。

第四位是奥地利的里尔克，在今日中国无人不识，但他一九二六年去世时，即使在西方也不过小有文名而已。梁宗岱的文学眼睛锐利，从那时开始不仅在文学评论中引用他的句子，而且动手翻译他的作品。他是中国翻译里尔克的先行者：《罗丹论》、《军旗手底爱与死之歌》，还有本集选自《上帝底故事》的四篇小说等，都是一九三〇年前后翻译完成。比起最近几年才出现的里尔克热，早了大半个世纪。

《交错集》出版于抗战年代，内容与战争无关，但是真正的文学都以人类最向往的价值为基础，直接向个人的心灵诉说，战乱中的人对美好的事物依然充满憧憬。文化名人黄苗子在一九四三年前后致郁风信中说，"《交错集》是一本很美丽的书，尤其是《女神的黄昏》一篇，单读那一篇就够了，那蓝色的黑夜，与雪一样洁白而有一点红点的白天，这不是象征，丽达，这只是女孩子和男孩子间的启示。"《交错集》单行本绝版多年，现重印出版正是为了这种文学价值。

本集以广西华胥社一九四三年初版的《交错集》为蓝本，参照杂志初刊校对，为存时代原貌，仅修订个别词语和专名的译名。

本集第二部分收入了梁宗岱生前没有结集的散篇译文，虽然只有五篇，却包括短篇小说、散文、哲学论著、文学评论等多种体裁。

如同梁宗岱其他作品一样，这些译作都是一丝不苟工作的成果。其中《歌德论》的原文深奥绵密，他在翻译过程中遇到一个单词"polyphile"（多方面的爱好者），在手上的辞典里一时找不到释义，当时他客居日本，正忙于准备回国，仍然从日本专函原作者瓦莱里求教（一九三五年五月十日）。这种认真诚实的精神保证了译文的价值，也造就了译者的文名。

本部分根据杂志初刊及已入集的原版校注，同时参考外文原著勘订。

目　次

交错集

译者题记

本集所收的八篇作品，是选自四个不同的作家，三个不同的国度的；迻译的日期，则最早为一九二三年，最晚为一九三六年。原作底风格既各异，译笔也难免没有改变。但它们有一个共通点，就是它们底内容，既非完全一般小说或戏剧所描写的现实；它们底表现，又非纯粹的散文或韵文；换句话说，它们多少是属于那诗文交错底境域的。如果人生实体，不一定是那赤裸裸的外在世界；灵魂底需要，也不一定是这外在世界底赤裸裸重现，——那么，这几篇作品足以帮助读者认识人生某些角落，或最低限度满足他们灵魂某种需要，或许不是不可能的事。

民国三十年三月十八日于嘉陵江畔。

（奥地利）里尔克

Rainer Maria Rilke（1875—1926）

老提摩斐之死

对一个风瘫的人讲故事是多么如意！健康的人们是那么不安定；他们看一切东西都时而从这面，时而从那面。有时候，你同他们走了一个钟头，他们一路都在你左边走着，忽然却从右边回答你，因为他们忽然记起这样做比较有礼貌，并且证明比较有家教一点。对于风瘫的人却没有这种种顾虑。他底固定使他和物品相仿佛，他和这些物品的确保持着那最密切的关系。而他自己差不多就是一件物品：他不独用他底静默听着，并且用他那稀少和低声的言语，和那充满了敬意的温情。

我再没有什么比对我底朋友爱瓦尔德讲故事更高兴的了。我觉得非常快乐，当他从他每天靠着的窗口唤我的时候：

"我有些东西要问你。"

我马上走进屋里和他见礼。

"你从什么地方得来你最近讲的故事呢？"他终于问了，

"从一本书得来的么？"

"唉，是的，"我略皱眉头答道，"自从它死去之后，学者们便把它葬在书里；这是离现在不远的事。一百年前，它还优悠自在地在许多人底唇上活着。但是现在人们所用的字，又重又难唱，简直是它底仇敌，把嘴儿一张又一张地带走了，最后，它只退隐在一些干瘪的唇上，很贫窘地，像孀妇靠着衾资度日一样。它也就在那儿死去，并没有留下后裔，而且，我上面已经说过，带着它底一切光荣被葬在一本书里，在那里它许多同宗早已安息着了。"

"它死时是否很老呢？"我底朋友明白我底意思后这样问。

"约莫四五百岁，"我估量着回答道，"它有些亲戚活的年代更久哩。"

"怎么？从不曾在书里安息过么？"爱瓦尔德惊异了。

我解释道："据我所知，它们永远漂泊在人们底嘴上。"

"从没有瞌睡过么？"

"睡过。从歌者底嘴升起来，它们有时停留在一颗温暖而且幽暗的心里。"

"人们也会这样安静，使歌儿可以在他们心里瞌睡么？"爱瓦尔德似乎很怀疑的样子。

"从前当然如此。据说他们很少说话，跳着一种慢慢扩大起来，轻轻摇着的舞；而尤其是：他们不大声笑，像现代人所惯做的，虽然我们底文化程度似乎很高。"

爱瓦尔德还想发问，但他忍不住了，微笑道：

"我只管问，只管问——但是说不定你有一个故事讲给我听罢？"他带着切盼的眼光望着我。

一个故事？我不晓得。我底意思只是：这些歌儿是某几家底世袭产业。人们承继了它们又传授给别人，虽然因为天天用的缘故，不免有多少损耗。但终究还完全，像一部父传子子传孙的旧圣经一样。那些被剥夺继承权的儿子和他们兄弟底分别就在这点：他们不会唱歌，或者最低限度他们只认识祖先们极少数的歌，并且和其余的歌一起失掉这些"毕连"（Blins）和"士卡士基"（skaskis）对于一般人所包含的大部分经验。譬如，就是这样，耶哥·提摩斐违背他父亲老提摩斐底意思娶了一个美丽的少妇，带她到基辅（Kiew）去，那是一座圣城，耶稣正教最伟大的殉道者底坟墓都在那里。那老提摩斐，被看作那地方周围十天路程内最精博的歌者，咒诅他儿子，并且对他邻人说他常常深信从来没有过儿子。可是他因为悔恨和悲哀变哑了。他赶走一切闯进他底茅屋里要求承继他底歌的少年，这无数的歌藏在这老头子心内正和藏在一个尘封的四弦琴里一样。

"爸爸呀，我们底小爸爸呀，给我们这支或那支歌罢。看，我们想把它们带到乡间，你将听见它们散布在田野里，当黄昏来临，牛羊在栏里沉睡的时候。"

但是那老人，坐在炕上，从朝到晚只管摇头。他底耳朵已经不灵了，他不知道那些在屋底四周伺候着的青年们有没有再请求，于是摇着他底白头说：不，不！直到睡去，然后再说一次，不，——在睡眠里。

他本来很愿意满足那些青年们底愿望；他自己也很惋惜他肉体底尘土快要埋掉他底歌，说不定没有多少时候了。但是如果他要试去教他们一支歌，他一定会想起他底耶哥儿，于是，谁晓得会发生什么事情呢。因为，只为他永不说话，人们才不听见他哭罢了。每个字后面都伏着一声呜咽，他得常闭口，赶快而且轻轻地，使呜咽不同时漏出来。

这老提摩斐老早就教给他儿子许多歌。这儿子十五岁时，已经比村里和邻近的歌者知得多唱得准了。可是，每逢过年过节，他有几分醉的时候，他还是对他底儿子说：

"耶哥儿，我底小鸽子，我已经教给你许多歌，许多毕连和神圣的传说，差不多每天一个。但是，你知道，我是国里最精博的歌者，我父亲会唱俄国所有的歌以及许多鞑鞑的故事。你年纪还太小，所以我还不曾对你讲那些最美丽的毕连，那里面有些字和圣像一样，平常的字简直不能相比的。你还没有学会唱那些曲调，无论谁，哥萨克或农夫，听来都要流泪的。"

这番话老提摩斐每逢礼拜天和俄国年中的节期都对他儿子复说一遍，所以已经不知多少次了。直到这儿子，经过了一番剧烈的争吵之后，和那美丽的乌珊格，一个穷农夫底女儿，同时失踪。

这件事发生后三年，老提摩斐生病了，适值俄国各方络绎不绝地参谒基辅的香客当中有一队快上路的时候。于是邻居阿西皮走到病人底家里说：

"我要和进香客们上路了，提摩斐，允许我吻你一吻罢。"

阿西皮和这老头子本来不是很熟的朋友，不过因为现在快要远游了，觉得应该和他像和自己父亲一样辞行。

"我常常得罪你，"他呜咽着说，"宽恕我，我底小心肝，那全是因为酒底缘故。你知道那是我无可奈何的。但是我为你祈祷，并在神面前点一支蜡烛。好好地保重呀，提摩斐，我底小爸爸；说不定你会复元的，如果上帝愿意，那时候你再唱些东西给我们听。是的，是的，你已经许久不唱歌给我们听了。那是什么歌呀？譬如，圣史提蕃那底，你以为我忘记了吗？你真蠢！我还整个儿记得呢。当然不像你那样——哼，你真懂得你底事儿。上帝赐给你这个，正和他把别的赐给别人一样。比方，给我……"

那躺在床上的老头子呻吟着翻身，并且动了一动，仿佛要说话的样子。似乎他低声说出耶哥儿底名字。也许他有什么消息要带给他儿子罢？但当那邻人站在门边问，"你说了什么罢，提摩斐？"他已经再躺下去，轻轻摇着他底白头了。可是，上帝知道怎样，阿西皮去了还没有一年，耶哥儿果然回来了。那老头子并不马上认得他，因为茅屋里很暗，而他那疲倦的眼睛很容易才能接受一个新形体。但是当提摩斐听到这位生客底声音，他害怕了，马上从炕上跳起来，站在他两条颤巍巍的老腿上。耶哥儿抓住他，他们紧紧地拥抱着。提摩斐哭了。

那青年接着问道：

"你病了好久了么，爸？"

当那老头子略为镇静之后，他再爬到炕上，带着严厉的声音问：

"你老婆呢？"

沉默着。耶哥吐了口痰：

"你知道，我已经把她跟小孩一块赶掉了。"

他停了一会，继续说：

"有一次阿西皮到我家里。'是阿西皮吗？'我对他说。'是的，'他答道，'我就是。你父亲病了，耶哥儿。他不能再唱歌了。现在村里全是沉静，仿佛没有一颗灵魂一般，我们底村里。没有什么东西响，也没有什么东西动，再没有人哭了，就是想笑也没有什么正当理由。'我沉思着。怎么办好呢？于是我叫我底老婆。'乌珊格，'我说，'我得要回家了。那里不再有人唱歌，现在该轮到我了。爸爸病呢。''好罢，'乌珊格说。'但是我不能把你带走。'我解释道，'你知道，父亲不愿意要你。我一到那里唱歌，也许就永远不回来

了。'乌珊格明白我：'好罢！愿上帝偕你！这里有许多香客
布施。上帝会帮助我们的，耶哥。'于是我就走了。现在，
爸，把所有的歌都告诉我罢。"

耶哥回来和老提摩斐重新唱歌的消息传开去了。但是那
年秋天村里风刮得那么厉害，简直没有一个过路人知道提摩
斐家里究竟有没有人唱歌。而且无论谁叩门也不开。他们俩
要独自儿一起。耶哥坐在炕沿，他父亲躺着，他底耳朵不时
接近老头子底嘴，因为，老头子果然在唱歌呢。他那年老的
声音，微微弯曲和抖颤着，把所有最美丽的歌带给耶哥；耶
哥频频摇他底头，或摆动那垂着的腿，仿佛自己也在唱了。
这样过了许多悠长的日子。提摩斐永远在他底记忆里找着一
支更美丽的歌。常常，在夜里，他把儿子叫醒，用他那干枯
和发抖的手做些摇摇不定的姿势，他唱了一支小歌，又一
支，又一支——直到那懒惰的早晨开始蠕动了。

他唱完那最美的一支不久便死去了。

临死那几天，他常常很苦恼地惋惜他还藏着无数的歌，
和不再有工夫把它们传给他儿子。他躺着，额上画满了深深
的皱纹，沉没在紧张和烦躁的沉思里，他底嘴唇因期待而颤
栗着。他时时坐起来，摇他底头，微微动弹他底嘴唇，终于
唱出一支温甜的小歌来，但是现在差不多唱来唱去都是圣史
提蕃那底几节，那是他特别爱好的，而且，为要不使他生
气，他儿子得要表示惊异，仿佛只初次听到一样。

老提摩斐死去之后，耶哥独自住着的房子还关闭了好些日子。直到第二年春天，耶哥·提摩斐底胡子已经长得够长了，他才开门出来，并且开始在村里往来歌唱了。日后，他也到邻近的乡村去，农夫们已经互相传述，说耶哥至少也是和他父亲一样渊博的歌者了；因为他知道许多英雄和严肃的歌，和所有曲调，无论谁，哥萨克或农夫，听来总要流泪的。而且，他有一种低沉而且凄凉的调子，是他以前的歌者底声音所无的。这调子永远在合唱处透露出来，所以特别动人。至少人家告诉我是这样。

"这调子不是从他父亲学来的么？"停了一会，我底朋友爱瓦尔德说。

"不，"我答道，"没有人知道从什么地方得来。"

我已经离开窗了，当那风瘫的人动了一动，从远处喊道：

"也许他想念他老婆和儿子罢。而且，他从不曾叫他们回来吗，既然他父亲已经死了？"

"不，我相信不。至少，他后来是独自儿死去。"

（译自《上帝底故事》）

正义之歌

当我又经过爱瓦尔德底窗前的时候，他向我招手微笑说：

"你已经答应那些小孩子什么故事没有？"

"为什么？"我惊讶着。

"因为我对他们讲耶哥底故事的时候，他们怪我，上帝并没有在那里面出现呢。"

我吓了一跳：

"怎么？一个没有上帝的故事？是可能的么？"

然后我反省：

"果然，我现在回想起来，这故事丝毫也没有提到上帝。我不明白这样的事怎么会发生。如果有人问我要一个这样的故事，我相信我一辈子也找不到呢……"

我底朋友看见我的热忱不禁微笑了。

"不要为这个难过，"他和气地对我说，"我想在故事未完之前，我们总不会知道上帝究竟在那里面没有。因为，即使还差两个字，是的，即使接着故事最后几字而来的只有休息，他还可以降临的。"

我点头，于是那风瘫的人另换一种声调说：

"你还知道什么关于那些俄国歌者的故事么？"

我踌躇着：

"我们可不更乐意谈谈上帝么，爱瓦尔德？"

他摇头：

"我那么愿意多听些关于这些奇怪的人底故事，不知什么缘故，我常常想，要是其中一个走进我家里来……"

于是他把头转向房里的门。可是他底眼睛很快便回到我身上了，并且微带几分局促的神气。

"那自然是不可能的。"他连忙补足道。

"为什么不可能呢，爱瓦尔德？许多东西都可以降临于你，而是那些能够使用他们底腿的人所不能有的，因为他们往往错过和躲开。在这熙攘底洪流中，上帝安排你，爱瓦尔德，做一个安静的中心点。你可不感到一切都在你周围动么？别的人追逐着日子；当他们终于追到了其中一个的时候，他们气喘得那么厉害，连话也不能对它说了。但是你，我底朋友，你只安安静静地坐在窗口，盼望着；对于那些盼望的人，迟早总会有些东西来临的。所以你的命运完全和他人两样。想想看，连莫斯科底伊比连圣母也得离开她底小小圣殿，乘着四匹马拖着的黑车，到那些过节，无论是洗礼或丧事的人家去。可是你呢，什么都得来就你……"

"是的，"爱瓦尔德带着奇异的微笑说，"连走去和死相会我也做不到。许多人在路上碰到它。它不敢走进屋里，于是唤你到外面去，到异乡，到战场上，到危楼中，到颤巍巍的桥上，到荒野或疯狂里。至少大多数人都到某处找它，把它背到家里也不知道。因为死是懒惰的；假如人不常常骚扰它，谁知道，它也许会睡着了呢。"

那病人沉思了半晌，然后带着相当的骄傲说：

"但是如果它想要我，它得要到我家里来。这儿，在我这小小的明净屋子里，花在这里面开得特别长久的，要跨过这张旧地毯，经过这衣柜前，穿过桌子和床板之间一直到我这宽大、亲密的旧椅子来，这实在不是容易的事。那时候我底椅子也许同我一块死去，因为它简直可以说和我一起活着。而死举行这一切得要用最普通的法子，不作声息，不推倒什么，不要作什么非常的企图，简直和平常的探访一样。是的，这将使屋子和我异常地接近。一切都将在这里表演，在这狭小的戏台上，而且这些最后的事变也得和其他已经在这里发生过或仍等候着我的事情无大分别。我还小的时候，已经觉得奇怪：人们谈到死比谈别的事总另有一种说法，而这完全因为没有人肯泄露他后来的经历。但是一个死者怎么会异于一个变成了严肃，摒弃了时间，和关起门来静静地思索某种问题（这问题底答案久已扰动他底心灵）的人呢？在大庭广众中，我们往往连我们天上的父亲也会忘记；对于其他某种隐秘的，也许超乎语言而寓于事实的契合，当然更记不起了。我们得要走开一边，在一种不可言喻的不可即的静里；而所谓死说不定就是那些归隐起来以思索生命的人。"

霎时的静默，终于给我以下的话打断了：

"这使我想起一个少女。我们可以说她那明媚的生命最初十七年底光阴都在静观中度过。她那双眼睛变得那么大又那么孤立，它们所接受的一切都给自己消耗尽了；在这少女底整个身躯里，生命离开了它们而舒展着，单靠些单纯和隐潜的声音底滋养。可是到了这时期底终点，不是那么猛烈的事便把这几乎不相接触的两重生命扰乱了：那双眼睛似乎深深地往内钻；整个外来的重量透过它们而跌入幽暗的心里，而且每天在这双黝深而且仰着的眼睛里那么猛烈地往下坠，那颗心终于在那狭隘的胸间破碎了，像一片玻璃。于是那少女变成了灰白，慢慢地凋谢，寻求寂寞和沉入幽思里，而终于独自走到了那永久的安息，在那里，无疑地，一切思想都不再受扰乱了。"

"她是怎样死去的？"我底朋友轻轻地问，声音略带粗糙。

"她是溺死的，在一个深而静的池塘里，无数的圈儿在水面，在盛开着的白莲花底下慢慢增长，扩大，以至那些浸在水里的花全摇动起来。"

"这也是一个故事吗？"爱瓦尔德问，以便那接着我底话的静不致让人太难受。

"不，"我答道，"那是一个情感。"

"但是我们不可以把它传给小孩们吗，这情感？"

我沉思：

"也许可以。"

"怎样呢？"

"用另一个故事。"

于是我开始讲。

"那是南俄罗斯正在为自由而战的时候……"

"宽恕我，"爱瓦尔德说，"这话怎么讲？这和我心目中的俄罗斯以及你从前讲的故事太不一致了。假如真是这样的话，我宁可不听你底故事。因为我喜欢我心里关于那边风土人情的成见；我愿意好好地保存它。"

我不得不微笑着安慰他：

那时候，那些波兰的"叛孽"（其实我应该从这里说起）做了南俄罗斯和乌克兰一带孤寂的荒原底主人。他们是非常残暴的。他们底压迫和犹太人底贪婪（那些犹太人连礼拜堂底钥匙都扣留起来，非给他们现钱便不肯交还基督教徒）使基辅和第聂伯河上游底居民都变成了厌倦多思了。即圣洁的基辅，由它底四百座礼拜堂底圆顶俄国第一次自述，也一天天沉没在它自身里，被大火像突如其来的疯狂思想一般所烧毁，在这些大火后面夜总显得特别长。那荒原的居民不知道究竟发生了什么事。给一种奇异的不安所驱逐，许多老人夜里从他们底茅屋跑出来，默默仰望着那永久宁静的昊苍；白天你可以看见许多"苦冈"（Kurganen）底背上显出无数的黑影，企望着，从远处浮起来。这些"苦冈"是死去的宗族底坟墓，像凝结了的沉重的波浪般绵亘了全荒原。而在这坟墓就是荒原的国度里，人就等于深渊。那些居民是那么深沉、幽暗和缄默，他们底语言只是些颤巍巍的柔脆的桥，悬在他们底身体上。

有时候有许多阴郁的鸟从苦冈飞起来。有时候许多荒野的歌下降在这些充满了半阴影的人们身上，在里面深深隐藏起来，同时飞鸟们却迷失在长空里。四方八面都仿佛没有边界似的。连房子也遮拦不住这茫茫的大漠；它们底小窗都给充塞着。只有在那阴暗的屋角里，古旧的神像立着如上帝底标界；一点微光在神龛里熠耀，像一个迷失在繁星的夜里的小孩。这些神像是些唯一的固定点，路边唯一镇定人心的符号，没有一所房子能够离开它们而存在。人们得常常重造新的，当旧的因为太老而腐烂了，给虫蛀穿了；当人们结婚或起新房子的时候；或者当有人，比方那老头子亚伯拉罕，临死时想把圣尼古拉捧在他那合十的双掌里，说不定要带去和天上的圣者比较，以便认出他最尊敬的那位罢。

就是这样彼得·亚基摩维支，虽然正业是鞋匠，也兼画神像。当他厌倦了一种工作，便在胸前划了三次十字，随即转到另一种；同一的虔诚指挥着他底缝纫和锤凿，无异于他底画。他已经上了相当的年纪了，可是还很壮勇。他做鞋时弯曲了的背，在神像底面前又抬直起来，这样他居然可以保存一种风度以及肩膀和腰间相当的均衡。他大半生都孤零零地度过，从不参加那由于他老婆亚古连娜生子和孩子们婚嫁或死亡所致的纷扰。　一直到七十岁那年，彼得才和他家里剩下的人们有往来关系；现在，他开始把他们当作真正存在的了。这些人是：他老婆亚古连娜，沉默而且谦卑，是一个渐渐老去的丑妇人；和他儿子亚里轲沙，因为生得较晚，只有十七岁。彼得想教他儿子画像；因为他知道自己不久便不够应付所有的主顾了。可是没有多少日子他便放弃这传授了。亚里轲沙曾经画过圣母像，可是离那庄严的真型那么远，他底画竟酷肖哥萨克的罗哥·比田哥底女儿玛利安娜，就是说，一桩极不虔敬的事。于是那老彼得，画了几次十字之后，赶快用狄美慈底像把这片被亵渎的像板掩盖过来——不知为什么，在圣者们当中，他特别爱狄美慈。

　　亚里轲沙也永远不再去试绘画了。除了他父亲命他绘神像头上的圆光以外，他常在外面，在荒原里，没有人知道在什么地方。而且也无人挽留他在家里。他母亲对他这样做法觉得很惊异，不敢对他谈话，仿佛他是生人或官员似的。他姐姐当他小的时候常常打他；现在亚里轲沙长大了，却不回打她，因此她便鄙屑他。村里也没有人注意这童子。哥萨克底女儿玛利安娜揶揄他，当他对她说要娶她的时候；亚里轲沙也不再问别的女郎愿意不愿意接受他做未婚夫。也没有人肯带他到那些修道院，到修道者们当中去，因为大家都觉得他身子太弱，并且年纪还太小。有一次他已经跑到邻近的寺院里，可是寺僧们不肯收留他——于是他就只有旷野，那起伏不平的旷野了。一个猎人一天送他一杆只有上帝知道装满了什么的旧枪。亚里轲沙常常把它带在身上，却从没有放过一次，为的是节省火药，也因为究竟不知道猎什么好。一个暖而且静的晚上，大家正坐在一张粗桌的周围，桌上放了一个盛满了小鹤的钵。彼得吃着；其余的望着他吃，等他剩给他们的东西。忽然老头子停住了，匙儿搁在空中，把他那衰残了的大头颅伸向那从门边射来，透过了桌子然后投入半阴影里的光线。大家都侧着耳。墙外有一种仿佛夜鸟底翅膀轻轻掠过梁间的声音；但是太阳还没有完全下去，村里一般也很少有夜鸟。于是声音又起了，这次，却仿佛一只大兽在屋底四周摸索，而且四壁都仿佛同时听见一样。亚里轲沙从他底凳轻轻站起来；同时一件高而且大的东西遮住了门，推开了薄暮，把黑夜领到茅屋里，带着它整个的伟大，却又有几分迟疑的样子，向前走着。

"是轲士达。"那丑妇人用她底粗哑的声音说。

于是大家马上都认得他。那是一个盲歌者，一个老头子带着他底十二弦琴穿过村庄，歌唱哥萨克们底大光荣，他们底勇敢和忠心，他们底大队长俄古宾哥，布尔巴以及其他英雄：这都是大家所乐意听的。轲士达向着他以为是神像所在的方向鞠了三次躬（这样他无意中便转向那咨娜门大卡查底像），在火炉边坐下并且低声问道：

"我究竟在谁家里？"

"在我们家里，小爸爸，在鞋匠彼得·亚基摩维支底家里。"彼得热烈地答道。

他是歌底朋友，对这意外的探访觉得非常快乐。

"哦！那画神像的彼得·亚基摩维支底家里。"那盲人这样说，也以此表示他底亲热。

于是什么都静了。从琴底六根长弦发出一个声音，它渐渐扩大，然后收缩起来，又仿佛窒塞住似地移到那六根短弦：这调子反复萦回在越来越急的节奏上，直到大家都把眼闭上了，为的是怕见那升到那么尖锐，几乎使人晕眩的速度的音调在什么地方碎了；于是空气也短缩起来了，让位给盲歌者底沉重而且激越的声音，这声音渐渐弥漫了全屋，并且把邻近的乡人都唤了来，在门口和窗下聚拢着。可是这回歌中颂赞的并不是那些英雄了。布尔巴，轲士坦尼查以及挪利哇衣哥底光荣似乎已经稳定了。对于无论什么时代哥萨克们底忠心是无疑的了，今天歌里唱的并不是他们的义勇。在一切倾听着的人们里面，跳舞似乎更沉醉地睡着；因为没有一个手舞或足蹈的。和轲士达底头一样，其余的头全低垂着：这悲痛的歌使它们都沉重起来了：

世界上再没有正义了。正义，谁能找着它呢！世界上再没有正义了；因为一切正义都给不正义底法律统辖着。

今天，那不幸的正义已被禁锢起来。我们眼见着不正义在嘲笑它；不正义和那些"叛孽"并肩坐在金椅上；在金椅上它和那些"叛孽"并肩坐着。

正义伏在门槛上哀求；那凶暴的不正义已到了叛孽们底中间；他们把它请到他们底宫殿里；他们给不正义注了满杯的美酒。

正义呵，小母亲，我底小母亲呵！你有着鹰一样的翅膀，或许终有一个支持正义，是的，主持正义的人来罢。愿上帝扶助他！只有他能够，他将抚慰那些正义的人底日子。

现在大家底头都很难抬起来，静默写在大家底额上；连那些想开口的人也看见它。经过了一个短促和严肃的间歇之后，琴又奏起来了，这次群众越加明白了。他们渐渐扩大起来。轲士达唱了三遍正义之歌。每次都不同。最初只是怨艾，接着像谴责，终于，到了第三次，当那歌者抬起头来，呼着如链的短促的号令时，一阵狂野的愤怒从那颤动着的字涌出来，抓住了大众，把他们冲到一阵浩荡而且忐忑的热狂里：

"在哪里聚齐呢？"

一个年轻的农夫这样问，当那歌者站起来的时候。

那老头子是熟悉哥萨克们一切行动的，便指定附近一所地方，大众马上散了，人们听见短促的呼唤，武器铮铮响着，家家门前妇女在哭泣。一点钟后，一队武装的农夫从村里开拔，往着切尔忒哥夫方向走，彼得递给歌者一杯葡萄汁，希望可以得到更详细的消息。老头子坐下饮了，但只简单地答复鞋匠繁琐的问题。然后他便致谢而去。亚里轲沙扶那盲人跨过门槛。当他们在外面的黑夜里，独自一起的时候，亚里轲沙问道：

"人人都可以到战场去吗？"

"都可以。"老头子说了，便迈开大步不见了，仿佛黑夜恢复了他底目力似的。

大众都睡着的时候，亚里轲沙从他那连衣睡下的炕上起来，背着枪出去，到了外面，他忽然觉到有人抱着他，轻吻他底头发。在月光里他认得是亚古连娜，带着急而且轻的脚步往屋里跑：

"妈。"他惊讶着，一种奇异的情感渗透了他。

他迟疑了一会。什么地方有人开门，一条狗在近处吠着。于是亚里轲沙把枪托在肩上大踏步走了，因为他希望在天亮之前赶上大队。

在屋里，大家都仿佛察觉不到亚里轲沙不在的样子。单是在他们聚在桌子周围的时候，彼得看见那空位子，站起来走到屋角，在咨娜门士卡查面前燃了一支蜡烛。一支很小的蜡烛。那丑妇人耸一耸肩。

同时，轲士达那老瞎子，已经穿过第二个村庄，用悲凉而微微呜咽的音调唱着正义之歌。

那风瘫的人等了一会。然后愕然望着我：“现在，你为什么还不结束呢？这可不如前一个故事一样吗？那老头子就是上帝。”

“我！我竟不知道呢。”我打了一个寒噤说。

（译自《上帝底故事》）

欺诈怎样到了俄国

我这里邻近还有一位朋友。他是一个金发患风瘫的人，无论冬夏，都坐在他那靠着窗口的椅子上。他可以显得很年轻；是的，他那倾听着的脸上有时几乎露出几分稚气。反之，有些日子他却老起来，时刻像年光般在那上面流过，于是他当然变成一个老头子，他那双疲倦的眼睛几乎已经放弃了生命了。我们相识已经许久。最初我们老是互相凝视，后来，不知不觉地，我们互相微笑，又互相点头一年之久，然后，天知道从哪时起，我们竟互相谈天说地起来，随兴所至，毫无选择。

"晨安，"我走过的时候他唤道。（他底窗口还是开向那静谧而丰饶的秋天。）"我好久没有看见你了。"

"晨安，爱瓦尔德。"

我照常走近他底窗口。

"我曾经旅行去。"

"你到哪里去？"他带着不忍耐的眼光问道。

"到俄罗斯去。"

"啊！那么远？"

他略往后倾，然后说：

"那是怎样的一个国度呢，这俄罗斯？很大，是吗？"

"是的，"我答道，"大而且……"

"我问了一句傻话吗？"爱瓦尔德微笑着打断我底话，脸红起来。

"不，爱瓦尔德，正相反呢。当你问我：那是怎样的一个国度呢？许多事情我都看得更清楚了。譬如，俄罗斯底边界。"

"在东方吗？"我底朋友问。

我心里想：不是。

"在北方吗？"那患风瘫的问。

"你知道，"我忽然想起说，"看地图的习惯把人们弄坏了。一切在那上面可不都是平而且滑吗？当他们把四大洲划分后，他们便以为完事了。一国可并不是一幅地图。它是有山陵和深渊的。就是在高处和低处，它也得和一些东西接触。"

"嗯。"我底朋友思索道，"你说得很对。在这两方面俄罗斯和什么为界呢？"

忽然，这残废的人像一个幼童似地高抬双眼。

"你知道的。"我喊道。

"也许是和上帝罢？"

"是的，"我赞成说，"和上帝为界。"

"呀，对了。"我底朋友完全了解似地应声说。过后他才仿佛有几分怀疑：

"那么，上帝是个国度吗？"

"我想并不，"我回答道，"但在原始的语言里，许多事物都有着同样的名字。也许有一个帝国称号为'上帝'，而那统治者也名为'上帝'的罢。那些简单的民族常分不开他们底国度和皇帝；两者都是伟大和仁慈，可怕和伟大。"

"我知道，"那坐近窗口的人慢慢地说道。"这交界，人们在俄罗斯也感觉到吗？"

"他们每件事都感到这个。上帝底权威在那里是很大的。人们从欧洲运许多东西过去，一越过边界，便变成石头了。间或有些宝石，但那只对于一些富人，一些所谓'智识阶级'的人有用；至于那养活百姓的面包，却来自那边，那另一个帝国。"

"百姓一定有过剩的面包罢？"

"不，事实并不是这样。为了种种的场合。从上帝那里的输入是很困难的。"

我试去引导他离开这思想：

"但人们从这浩大的邻国采纳了许多风俗。比方一切礼节。人们对沙皇说话几乎像对上帝一样。"

"呀，他们并不说：'陛下'吗？"

"不，他们称呼两者都是：小爸爸。"

"他们都在两者底面前下跪吗？"

"他们对他们倒身下拜，用额头触地，哭泣而且说：'我犯罪了，饶了我罢，小爸爸。'"

德国人看见这个，以为是卑鄙的奴性。我以为不然。跪拜底意义是什么呢？那就是：我有敬意。但单是揭帽便够了，德国人说。不错，点头，鞠躬，也可以说是恭敬底表示：有些国度地方太窄了，不能容人人都躺在地下，于是便造成了这些"简笔字"。但不久人们便机械地使用这些"简笔字"，不再体会它们底意义了。所以在那些时间或空间允许的国度里，应该把这美丽和重要的字完全写出来：敬意。"

"是的，如果我做得到，我也下跪呢。"那风瘫的梦想道。

"但是，"半晌我接着说，"还有许多别的东西来自上帝呢。人们感觉每件新的东西，每套衣服，每盘新菜，每个美德甚至每个罪恶，都必须先经过上帝认可，才能流行。"

那残废的望着我，几乎害怕的样子。

"我这话是根据一个故事说的，"我赶快安慰他道，"根据一个'比连纳'，像他们所说的，意思就是：一件过去的事。我想把它底内容简单地对你说。题目是：欺诈怎样到了俄国？"

我靠近窗口，于是那患风瘫的便闭起眼睛来，像他所很愿意做的，每当他听见一个故事在什么地方开始的时候。

那可怕的伊凡要强逼他邻近的国王贡献，以讨伐恫吓他们，如果他们不把黄金送到莫斯科，送到那座白城来。那些国王，经过了会议之后，齐声说："我们对你提出三个谜。请你在我们定好的日子到东方来，在那块白石头附近。我们将在那里聚齐等你解答。如果你解答得对，我们就马上把你所要求的十二吨金送给你。"

起初那沙皇伊凡·华司里维支反复沉思，但白城底繁多的钟声扰乱他的心。于是他召唤他底学者和顾问；那些不能答复这些问题的，他下令把他们带到那红色的大校场去（人们正在那里建立那供献给赤裸的华司里神的庙宇的），把他们枭首。这职务令时间过得那么快，以致忽然他已经要首程赴东方，走向那些国王等着他的那块白石头去了。他连一个答案都没有。

但路程既很遥远，他总还有遇到一个智士的机会；因为，这时候，许多智士都在亡命，为的是每个国王都要把他们枭首，当他觉得他们不够智慧的时候。

可是一个智士也没有在天边出现。一天早晨，他远远望见一个满脸胡子的瓦匠正在起一间礼拜堂，已经搭好筑台了，正忙着把小椽加上去。他觉得非常奇怪，看见这老瓦匠老是从教堂顶下来，一块一块地拾取那堆在地下的小椽，而不一次多拿几块放在他底围裙里。因此他得频频在梯子上爬上爬下，你真不知道他要几时才能够安好这几百块小椽。沙皇忍不住了：

"蠢材,"他喊道（这是俄罗斯一般人对农夫的称呼），"蠢材,你应该认真多带一些木头,然后爬上礼拜堂去,那就简单得多了。"

那农夫刚好下来,停住了,把手高举到眼上,然后说:

"还是由我自己做去罢,沙皇伊凡,每个人知道他自己的职业总比别人多些;但你来得正好,我要把三个谜底答案给你,那是你在东方,离这里不远的那块白石头处得要知道的。"

于是他把那三个答案一一教给他。沙皇惊愕到竟不知怎样感谢他好。

"我应该拿什么来酬谢你呢?"他终于问了。

"什么都不用。"那农夫说,一面拾了一块小椽,想踏上楼梯去。

"站住,"沙皇命令说。"这样不行。你得要立一个愿。"

"那么,小爸爸,你既要这样,就把你从东方国王得来的十二吨黄金中的一吨赏给我罢。"

"好罢,"沙皇批准说,"我就给你一吨黄金。"

于是他加鞭奔驰而去,以免在路上忘记了那些答案。

后来,当沙皇带着那十二吨黄金从东方回来的时候,他把自己关在莫斯科底宫殿里,在那五个大门的紫禁城中,把那些金一吨又一吨地倒在大殿底发亮的地板上,直到他面前耸立一座真正的金山,投射一个大黑影在地上。忘了他底许诺，沙皇连那第十二吨的金也倒出来了。他想重新把它装上，但又惋惜他得要从这辉煌的金阜取出这许多。夜里，他走到院子里去，拿些细沙把那吨填到四分之三满，蹑着脚步走回宫殿里，将金铺在沙上，然后，第二天早上，遣一个使者把那吨运到这旷阔的俄罗斯里那老农夫起礼拜堂的地方。当他看见那信使行近的时候，他从那依旧还未起好的屋顶下来，喊道：

"不要来了，朋友。把你这盛着三分沙一分金的吨带回去罢。我并没有什么用处。告诉给你底主人听，一直到现在俄罗斯还没有欺诈。如果从今以后他发觉他再不能倚靠任何人，那是他底过错；因为他教人家怎样欺骗，他底榜样将世世代代都有许多人仿效。我并不需要黄金，没有黄金我也可以活。我并不希冀他底金，我只希冀他底真诚和廉洁。他不给我这个，竟想欺骗我。把这番话告诉你底主人，那带着他底坏良心和金袍坐在他那莫斯科底白城里的可怕的沙皇伊凡·华司里维支。"

跑了几分钟之后，那信使又回头看了一次：农夫和礼拜堂都不见了。那堆着木椽的地方是平而且空的。于是那人害怕起来，向着莫斯科疾驰而去，喘息跑到沙皇面前，语无伦次地把刚才经过的事告诉他，并且说农夫不是别的，就是上帝。

"我很想知道他说得对不对。"我底朋友低声说，当我底故事最后的回声消逝之后。

"也许罢，"我答道，"但你知道，老百姓是迷信的。"

"可惜得很。"那风瘫的诚恳地说。

"你不愿意改天再讲一个故事给我听吗？"

"当然愿意，但有一个条件。"

我再走近窗口。

"什么条件呢？"爱瓦尔德愕然问道。

"你得要随时把这些全讲给邻近的小孩子听。"我说。

"啊，那些小孩子现在这么少到我这里来。"

我安慰他道：

"他们一定会来的。大概你近来无心讲故事罢，或因为缺少题目，或因为过多。但当一个人知道一个真故事，你以为它能够长久秘密吗？断不！这自然互相传述的，尤其是在小孩们中间。"

"再见罢。"于是我便走开了。

同日，小孩们都听见这故事了。

（译自《上帝底故事》）

听石头的人

我又到我底风瘫的朋友家里。他带着他那特殊的微笑说：

"关于意大利你从不曾对我说过什么。"

"这是否说我该及早追补那失掉的光阴呢？"

爱瓦尔德点头并且闭起眼睛来听了。于是我开始：

我们所感到的春天，在上帝看来，不过像一个悠忽的小小微笑溜过地面。这时候大地仿佛记起什么似的；到夏天它便对大众高声述说，直到在秋天无边的静里变乖了，它默默地对孤寂者密语。你和我所活过的春天加起来也填不满上帝一刹那。春天，如果要上帝觉到它存在，不该仅逗留在草原和树上，它得要用某种方法深深感动人心，因为这样它就不在时间里，而在永恒里在上帝面前演奏了。

有一次，这个发生了，上帝底眼光把它玄秘的飞翔悬在意大利上面。底下，地面非常明亮，时光像金一样闪耀着，可是斜印在那上面，像条阴暗的路似的，伸展着一个肩膀很宽，沉重而且浓黑的人影。更远一点，在他面前，他那双手底影子焦躁而且拘挛地工作着，时而在比沙，时而在拿坡里，有时更消失在大海底晃漾的波动上。上帝不能把他底眼光离开这双他起初以为合十祷告的手——可是从那里溅射出来的祷词却把它们大大地打开了。群空中起了一阵沉默。一切圣徒都跟着上帝底眼光移动，而且，和他一样，凝望着那把意大利遮掩了一半的影子。天使底歌声在唇上停止了，星星都在颤抖着，怕做错了什么，并且，谦逊地，静待上帝底震怒。可是并没有这样的事发生。天空整个儿张开在意大利上面，于是拉斐尔（Raphael）在罗马跪着，菲耶索莱山（Fiesole）上幸福的弗拉·安杰利科（Fra Angelico）站在云端，感受着无限的欢乐。这时候无数的祷告在路上奔驰，在天与地之间。但上帝只认识其中一个：米开朗基罗底力量像葡萄园底芳香向着他氤氲上升。他苦于这力量占据了他整个思域。他更往下倾，发现了那在工作的人，从肩膀上瞥见了那双听石头的手，忽然害怕起来：难道石头也有灵魂么？为什么这人在倾听着石头呢？于是他看见那双手醒来了，它们在探索着那像坟墓似的石头，里面闪着一个柔弱的垂死的声音：

"米开朗基罗，"上帝惴惴地喊道，"谁在石头里？"

米开朗基罗侧耳倾听；他底手发抖了。他用哑重的声音答道：

"你，上帝。还有谁呢？但是我到不了你那里。"

于是上帝明白他在石头里，他觉得窒塞不安。整个天空只是一块石头，他被关在中间，希望米开朗基罗底手把他救出来。他听见它们来了，可是还远远地。同时那雕刻大师重复俯向他底作品。他不断地想道：你不过是一块小石头，别人就很难得在你里面找到一个人影。我却在这里感到一只手臂：那是约瑟底；玛利亚在这里低俯着，我感到她那颤栗的手挽着那死在十字架的我们主耶稣。如果这块小云石容得下这三个，我为什么不能使整个沉睡的民族从一块大石头矗立起来呢？于是他三两下工夫就把那座 Pieta（圣母哭尸图）底三个像解放出来，但是并不完全揭开面孔上那石幕，仿佛怕他们底深沉的悲哀会渗进他底手，使它们变成风瘫一样。同时他也就跑到另一块石头去。但每次他都不愿意把那丰满的光明赐给一个前额，或把最清纯的曲线赐给一只手，而当他塑造一个女人的时候，也不在她底口周围安上那最后的微笑，使她底美不完全泄漏出来。

这时他正在起草那尤利乌斯二世（Jule della Rovere）教皇底墓。他想在那铁做的罗马教皇上面建造一座山，并且添上一个在那里繁殖的民族。给无数朦胧的计划所激动，他走向云石坑里。那山坡耸立在一个可怜的村庄上。在许多橄榄树和枯萎的石丛中，新鲜的裂缝露出来，像一张灰白的脸半掩在那渐渐老去的鬓发下。米开朗基罗在这蒙着的额头面前站了许久，忽然瞥见一对石做的大眼睛从底下注视他。他觉得自己在这注视的影响下渐渐长大起来了。现在他也高耸出地面了，他自己觉得永远是这座山底兄弟般并排列着。山谷在他脚下往后退，和在一个登山的人底背后一样，村里的茅屋像羊群般挤作一团，石头底面孔在白色的石幕下也显得越近越亲切起来，表现着一种静待的神气，同时又已经在动底边沿了。

米开朗基罗沉思道：

"人打不碎你，因为你是完整的一块。"

然后高声说：

"我要完成你。你是我底作品。"

于是他回翡冷翠去。他看见一颗星，和礼拜堂圆顶底阁。黄昏围绕着他脚下。

忽然，到了罗曼拿门的时候，他踌躇起来了。两行屋宇像手臂般伸向他，它们已经把他抓住并拖到城里了。街道越狭越昏暗；他回到家里的时候，他觉得自己被幽冥的手紧握住，再不能逃脱了。他躲到客厅里，又从那里躲到那间他常常在那里写作的纸下，几乎没有二尺长的房里。四壁向他走拢来，仿佛在和他那过度的伟大挣扎，强迫他恢复从前那狭小的形体。他任其自然。他跪下来让它们把他形成。他在自己里面感到一种谦虚，一种想变成渺小的愿望。于是一个声音来了：

"米开朗基罗，谁在你里面？"

于是那人在他那狭小的房里把额头搁在手上，低声说：

"你，我底上帝。还有谁呢？"

　　于是上帝的四周立刻宽起来了，他举起那挂在意大利空中的面孔四顾：圣者在他们底冠袍里站着，天使们在万千灿烂的星辰中往来，带着他们底歌像些充满了光明的水壶；而天空是无穷无尽的。

　　我底风瘫的朋友举起他底眼睛追随着那流荡在空中的暮云。

　　"上帝就在那里么？"他问。

　　我默着，然后俯向他：

　　"爱瓦尔德，我们就在这里么？"

　　于是我们热烈地握手。

（译自《上帝底故事》）

（法国）鲁易斯

Pierre Louÿs（1870—1925）

彼得鲁易斯（Pierre Louÿs）以一八七〇年十二月十日生于巴黎，是法国近代派的巨子。现代法国诗界明星哇莱希（Paul Valéry）是他的挚友。英国王尔德的法文剧《莎乐美》（听说此剧也就是王尔德、须华勃和他三人的合作）就是献呈给他的。所作有诗文小说多种；长篇小说《婀扶萝嫡提》（Aphrodite）尤著。但他究竟是个诗人。真能代表他的，还是那散文诗集《卑列提司之歌》（Chansons de Bilitis），虽然他的作品无论什么体裁都充满了希腊式的美，文字尤妍丽而富诗意，故有"不贞洁在贞洁里"（"L'impureté dans la pureté"）之称。现在所译的是《女神之黄昏》（Le Crépuscule des Nymphes）的第一篇。原定有七篇，名曰"七哀"，写的是七个女神的命运。后仅作得五篇，因改用今名。他死于一千九百二十四年。

译者附识，一九二七，八，一七，于巴黎。
（原载一九二八年七月《北新月刊》二卷七期）

女神的黄昏

一　吉祥的黑暗底歌颂

什么都模糊了。垂垂欲坠的新月下，隐约地还有一个婀提眉司 ①（Artémis）在群星闪烁的黑枝后猎着。

绿草蒙茸中，四个哥林多 ② 女人（Corinthiennes）卧在三个少年身边。别的都说完了话之后，剩下那一个女的也不知还敢不敢继续说下去；时间是这般寂静。

故事只宜于白天里讲。黑影来了，人们便不愿意听那荒诞的声音，因为飘忽的心灵安定了，只喜欢和自己悄悄地谈心。

躺在草上的女人已经各有各底知心伴侣。她们都默默地依照她们幼稚欲望底真相创造她们情郎底美媚。可是她们都睁开眼了，当那严肃的迷郎特利安开始说这些话的时候：

"我要把那住在欧罗达斯 ③（Eurotas）河边的年轻的水神与天鹅底故事说给你们听，那是歌颂那吉祥的黑暗的。"

---

① **婀提眉司**　即获安娜之希腊名，为狩猎之女神。（本书注解除特别说明外，均为译者原注）
② **哥林多**　古希腊繁盛的城之一，与雅典及斯巴达齐名。其居民以风流淫逸闻于世。
③ **欧罗达斯**　拉干尼（即斯巴达）河名，诗人多吟咏之。

他把头抬起了一半，一手支持在乱草里，低低地讲述以下的故事。

（一）

那时候，路上既没有坟墓，山上也没有庙宇。

人类差不多还没有存在：也没有谁说及他们。大地任众神逍遥，而且常常产生些妖异的神灵。伊琪娜德在这时候诞生时眛儿 [①]（Chimère），巴斯华意也在这时候诞生密哪驼儿 [②]（Minotaure）。小孩们在林中颤栗变色，因为常有蛟龙飞翔着。

这时候，在欧罗达斯河潮湿的两岸，林木阴翳，参天蔽日，住着一个非同寻常的女孩，淡蓝如静夜，神秘如瘦月，婉丽如银河。所以人们叫她"丽达"。

她真是几乎全身都是蓝色，因为蓝芝花底血流在她底脉管里，正如蔷薇花底血流在你们底脉管里一样。她底指甲蓝于她底手，她底乳房蓝于她底胸，她底肘和膝可就完全蔚蓝了。她底嘴唇闪着她碧波一般的眼睛底颜色。至于她飘散着的柔发呢，它们是黝蓝如黑夜底太空，纷披在她底双臂上。

---

① **时眛儿**　伊琪娜德及太风所生之妖怪。狮头龙尾羊身。尾喷火焰。
② **密哪驼儿**　密哪之妻巴斯华意与一白牛交合所生。半人半牛。提泰尔闭之于克勒提迷宫中，而以人肉饲之。时雅典新战败，每年须以七男七女进贡供怪物之养料。其后替慈自告奋勇，与之斗，杀之。

于是她便好像插着双翅一般了。

她只爱水和夜。

她最大的愉乐，就是缓步于两岸给浅水浸着却看不见水的绒绒草地上。当她赤着脚这样暗暗地浸润着的时候，她感到一种幸福的寒颤。

因为她从不在河里洗澡，怕的是那些水神们的妒忌，而且她也不愿意把她底躯体完全献给水。可是她多么爱微微地浸润着呵！她把发端披散在急流里，然后把它缕缕地黏在她底嫩滑的柔肌上。要不然，她就从河中掏取一勺清凉放在掌心，让它从她底年轻的胸怀一直流到丰圆的腿髁深处。更不然，她就俯身伏在湿漉漉的青苔上，在水面轻轻地吸饮，像一只沉默的牝鹿一样。

这样就是她底生活。她也不时想起那些淫荡的山精。他们有时偷偷走来，但立刻便惊恐逃走了。因为她们以为她就是孚比①（Phoebé）很严酷地对付那些窥见她裸着体的人的。倘若他们走近一些，她也许情愿和他们谈话。他们底形状和姿态都使她充满了无限的惊愕。有一夜大雨滂沱，地面全变成川流了，她徘徊在幽林里，偶然切近地看见一个山精酣睡着；可是又轮到她害怕起来了，马上逃回去。从此，她久不经过那里，心中思虑着她所不明白的东西。

----

① **孚比**　天与地所生之女。

她也开始顾影自盼了，觉得她自己异常神秘。在这时期内，她变得格外伤感，常常把她底柔发掩面啜泣。

当夜色清明的时候，她临流自照。有一次，她以为不如把她飘散着的头发捆在一起，露出她底颈背来，因为用纤手去抚摩时觉得它十分柔美。她折了一根幼韧芦苇把青辫束起来，又采了五张大的水叶和一朵惨淡的白莲织成一个花圈低垂着。

起先她很得意地徜徉着。但是并没有谁注意她，因为她独行无侣。于是她觉得凄凉起来，不再和她自己游戏了。

可是她底心灵虽还茫昧无知，她底肉体早已期待着天鹅底拍翼了。

（二）

一夕，她微微醒来，正想重温旧梦，因为淡黄色的白昼长河还在夜底幽林后面熠耀着。

她忽然听见邻近的芦苇丛中一阵淬缭的声音，继着便是一只天鹅翩翩地走出来。

这美丽的鸟儿是妇人一般白，光一般绯红，暮云一般璀璨。他缟素的形骸，他潇洒的风姿，都使人想起正午底晴空。所以人们叫他"朱而士"。

丽达凝神望着，他且行且飞地走来。他远远地在她底四周旋转着，又从旁把她注视着。

当他越行越近的时候，他举起他那双又红又大的掌，尽量伸长他轻盈如浪的颈，从她底淡蓝的膀儿一直伸到腰下幼滑的褶纹。

丽达愕然的双手轻轻地捧住那小小的头，殷勤抚弄着。鸟儿全身底羽毛都抖战起来了。他用他那幽深而绵软的双翼紧紧夹住她赤裸的腿，使它交叠起来。丽达便倒在地上了。

于是她拿双手紧盖住她底眼，没有恐怖，也没有羞怯，只感到一种不可言喻的愉快。她底心怦然疾跳着，胸儿慢慢地涨起来。

她不知道结果怎么样。她也不去猜那结果究竟会怎么样。她一些儿也不明白，甚至她为什么这样快活她也不明白。她只觉得两臂间天鹅底颈底温柔。

他为什么会来呢？她究竟干了些什么使他来呢？为什么他不像河上别的天鹅，或林中的山精一样逃避呢？自从她有记忆以来，她是独自一人住着的。她也没有许多字来供她深思远虑，但今夜底遭遇是多么令人怅惘呵！……这天鹅……这天鹅，她并没有呼召他，也从不曾见过他，她只沉睡着而他竟来了。

她也不再敢看他，她只静静地卧着，恐怕把他吓走的缘故。她火热的双颊感到拍翼底清凉。

一会儿，他似乎退后的样子，越加缠绵旖旎了。像河中一朵蓝花一样，丽达慢慢地展开给他。她冰冷的两膝间感到鸟身底温热。忽然，她呻吟起来：呀！……呀！……她底四肢震动得像风中的细枝一样。天鹅底嘴已经深深地刺进她底身里，他底头在里面如疯狂般摇动，仿佛在食着那些甘美的脏腑似的。

继着便是一阵过量愉快底呜咽。她双目紧闭，发烧的头垂后，纤柔的指把幼草乱拔，痉挛的小足凭空挣扎，在寂静中宛转地展开来。

半晌，她动也不动。略略转侧，她底手便在身上遇到天鹅底鲜血淋漓的嘴。

她坐起来，默默地看着这雄伟的白鸟。河水明丽地颤着。

她想站起来：鸟儿却阻止她。

她想取一勺水放在掌心来消解这愉快的痛楚：鸟儿却用翼来挡住她。

于是她把他抱在怀里，把那雪白的羽毛吻来吻去。羽毛都一根根地竖起来了。然后她在岸边躺下，沉沉地睡去。

翌日清晨，像晓色初升一样，一种新的感觉让她觉醒，仿佛有什么东西从她底身上坠下来似的。原来是一只很大的蓝蛋在她底面前旋转着，晶莹如蓝宝石。她想拿起它来玩弄，或且埋在热灰里煮熟它，像她常见那些山精所干的一样。但是天鹅却用嘴来含起它，放在枝叶杂披的芦苇丛中。他张开了翅膀把它覆住，定睛望着丽达。然后迟迟地一直飞上半天，与最后的一颗白星在熹微的晨光中隐灭了。

（三）

丽达希望群星复上时天鹅会归来。她在河边的芦苇丛中，在那藏着由他们俩灵迹般的结合产生的蓝蛋处期待着。

欧罗达斯河原是天鹅群聚之所，可是那一个已经不在了。就是在千万天鹅中她也会把他认出来；不呀，只要闭着双眼她也会觉到他行近的。可是他已经不在那里了，她是毫无思疑的了。

于是她脱掉那水叶做的花环滑在清流里，披散了她底蓝发哀哀哭着。

当她拭去眼泪看时，一个山精已经悄悄地走到她底跟前了。

因为她已经不像孚比。她已经失掉她底童贞了。山神们再不畏惧她了。

山神柔声问她道：

"你是谁？"

"我是丽达。"她答道。

他缄默了一会儿。又问：

"为什么你不像别的女神一样呢？为什么你像水和夜一般蓝呢？"

"我不知道。"

他惊愕地望着她。

"你孤零零地在这里干什么呢？"

"我等候那天鹅。"

她眼巴巴地向河面望着。

"哪个天鹅呀？"他问道。

"就是那天鹅。我并没有呼召他，也从不曾见过他，而他竟来了。我觉得非常惊异。我要告诉你。"

于是她把事情底始末告诉他，并且拨开芦苇把晨间的蓝蛋指给他看。

山精明白了。他哈哈地笑起来，并且给了她许多不堪入耳的解释，以至他每说一个字她都要用手指来封他底口。她喊道：

"我不要知道！我不要知道。啊！啊！你都教我知道了啊！这是可能的么！现在，我再不能爱他了，我要苦楚到死了！"

他用臂儿捉住她，怪热情地。

"不要扪触我！"她哭道。"啊，今天早上我是多么快乐呵！我真不知道我那时快乐到什么程度！现在就是他回来，我也不会再爱他了！现在你都告诉了我！你是怎样可恶呵！"

他把她完完全全抱住了，并且轻轻地抚弄她底头发。

"啊！不呵！不呵！不呵！"她更放声喊起来。"啊！不是你！啊！不要这样做！啊！那天鹅！要是他回来……唉！唉！什么都完了，什么都完了。"

她睁大了眼睛，却并不哭，口儿张开，手儿怪可怜地震着。

"我要死去。我也不知道我究竟能不能死。我要死在水里，但我又害怕那些水神们，怕她们把我拉去和她们在一块。啊！我究竟干了什么呵！"

于是她伏在臂上放声大哭。

但是一个严厉的声音在她底面前发言了。她睁开眼时，看见河神带着青草之冠，半身露出水面，倚着晶木底舵儿。

他说道：

"你原是夜。你却爱上了那一切光明与荣耀底象征，而且和他结合在一起。

"从象征生出象征，更从象征生出美。她就在你产下来的蓝蛋里。从世界之始，人们就知道她底名字是海伦；就是到世界末日，最后那一个人也将知道她曾经存在。

"你从前是充满爱，因为你浑噩无知。那是歌颂那吉祥的黑暗的。

"但你也是妇人，在同日的晚间，男人也曾滋润过你。

"你在你底身内孕育着一个它底父亲不能预知，它底儿子也不会知道的唯一无二的生物。我要把它底幼芽放在水里。它将永远存留在空虚里。

"你也曾充满了憎恶，因为你彻悟了一切。我要使你都忘记了。那是歌颂那吉祥的黑暗的。"

她也不明白他说的什么，她只哭着感谢他。

她于是走进河床里涤净了山神底亵渎。当她重出水面时，一切哀乐底记忆都失掉了。

迷朗特利安不再说话了。女人们都默默地躺着。然而，莱亚忽然发问了：

"加士多尔与波离德杰士呢？他们是海伦底兄弟。你一点儿也不提起他们。"

"不，那是一个荒谬的传说，他们一点儿趣味也没有。只有海伦才是天鹅所生的。"

"你怎么知道呢？"

"……"

"你为什么说天鹅把嘴儿刺伤了她呢？传说里并没有这一点，而且亦不近情理的。……为什么你又说丽达像夜间底水一样蓝呢？你也有理由可说么？"

"你不曾听见河底话么？切莫要把象征来解释和参透。要有信心。别怀疑。创造象征的人必定藏了一个真理在里头，但他决不宣示出来。不然，为什么要把它象征起来呢？

"切莫把外形撕破，因为它所蕴藏的是无形。我们都知道这些大树里面关住了许多绰约的女神，可是樵夫把树儿劈开时，她们早已憔悴死了。我们都知道我们底背后有许多山精和裸体的野灵舞蹈着；但是我们只要一回头，什么都隐灭了。

"翠流底滟潋的反映就是水神底真身。一只山羊站在母羊群中就是山精底真身。你们当中无论哪一个也就是婀扶萝嫡蒂 ①（Aphrodite）底真身。但是千万不要说出来，也不要知道它，也不要去求知道它。这就是爱与乐底无上要素。那是歌颂那吉祥的黑暗的。"

---

① **婀扶萝嫡蒂**　即薇娜司之希腊名，为司爱情之女神。

二　永久安息之路

现在，那些哥林多女人来到了树林中最幽邃最阴森的岩穴，半点儿兽迹人影都没有：连寂静也似乎熄灭了，让步给些更飘忽更荒凉的东西。她们倒退一步，把手抬到额间，睁开了眼帘，却毫无所见，张大了嘴唇，却肃静无声。

战战兢兢地（因为她们感到给夜勾引着），她们紧紧地相抱在一起，恍惚那些可怜而渺小的幽魂在海岱士门前互相推挤着，却死都不要进去一样。

台拉世士底声音把她们从麻木的恐怖唤转来了，他说：

"不错，这是进鞑尔鞑尔的路口之一，但是断无可怕的道理；骑犁士所定的日子未到以前，你们当中没有一个望得见辟世风尼底黑烛的。而且那正是我们底大欢喜日，我们应该爽爽快快地去欢迎它才是啊……"

"我并不想死呵。"莱亚说。

"台拉世士呵。你说的什么呢？"聪明的婀玛希梨问道，"因为死扰乱我底衷怀，像她底一样：我从没有想到死而不惊心动魄的。"

台拉世士并不争辩，免得受那陈腐的理论底烦恼。他只随自己底欢喜，把他底冥想蕴含在一个奥妙而精巧的故事里。

那些哥林多女人都坐在一条细滑的长石上。他呢，却站在基理尼亚士与迷朗特利安底中间：前一个太神绪散漫了，无心听；后一个太聪明了，不愿意听。

他慢慢地开始，好像不敢说的样子，他底语气短促，他底声音踌躇而且低沉。

（一）

一座阴沉沉的栢树林。

薄暮。

七个青年和七个少女手搀手踱着。

他们乘黑帆之舟，来自亚狄卡。

当中一个名替慈的，是埃世底儿子，埃世是彭悌翁底儿子，彭悌翁是基郭伯底儿子，基郭伯又是伊力替儿子。

青的棕榈！橡叶的冠！呼号！胜利！桂枝！伸张着的臂！一伙儿扈从着那英雄……

扈从着那英雄……

他们乘黑帆之舟，来自亚狄卡。

在这冷森森的渡船中，他们都一双双互缔同心底密约，以期到死之岸相逢，在那缤纷着媚黄的水仙花的软茵上……

在那人牛——巴意华斯底羞辱之果——为他们预定的阴惨怖人的死之岸上。

他们都互订同心底密约了。可是还有两个孤单的：就是那手交手的英雄替慈，和踱在他身边的贞女美梨司。

暮色从地面徐徐起了。

天际古栢苍然，夕照底斜辉透射疏落的林影如万千明灿而疾舞的利剑。

慢慢地，一对一对地，这些囚徒们穿过太阳底剑林。他们都预知途中还要经过多少才可以达到迷宫底门口：于是便是幽瞑的永夜了。

至少，他们相信如此罢。但替慈，和在他底心里的美梨司，却自胸有成竹。

他们尽管踱着。

他们尽管踱着。

他们终于到了。

可是他们还未越过太阳底最后一条光线时，忽然听见背后枯叶上急促的足音。

他们都回头了：一个女人在那里，呆呆地站着。

她体态娇娆，脚踏瘦长的皮履，身穿婀眉提司底丫头式短袄，外面裹着一张宽大的白绡，两颗金纽扣在臂膊上，腰间松松束着带儿，柔脆的双膝仅露。璎珞垂垂的鬒鬓下闪着银旒，她底细发则或编或鬙，或束起来作斯巴达妆，典雅而自然。棕睛明眸，傲气凛凛，一望而知是克勒提底公主婀梨安娜，弥那司底女，太阳底孙女。

她一招手：替慈便向她走近。再招手：其余的人便远远避开，继续他们底旅程，一直走到那从西方蔓延过来的火穴而止。

她呢，还喘息不已，两颊暖烘烘的，眼帘半张地微笑着。她伸开臂儿，轻轻拨开英雄额上浓黑的厚发：

"你真漂亮。"她很愉快地说。他默然。

她毫不留意，尽管往下说：

"啊！我知道你必定杀掉密哪驼儿。当你把那狞恶的脸儿在石上撞碎时，众神将齐倚在你底手上。但是你将怎样走出这迷离的墓窟呢？你将高擎那可憎的头颅，得意洋洋地死在那锁闭的巷里，在那终古板着冷酷的面孔的两壁间。力所能奏效的，聋的遗忘将使它朽去。你不知道这座宫殿是一阵磐石的旋风，肆身其间的永不能脱身么？但我却替你想及，埃世底儿子呵，在我底两胸间我为你带来了救星。"

她把手溜进衬衣里，抽出一缕青绒来。

"这就是，"她说。"是我底密列之线。它细如我底柔发，长如这岛底一周。我可以将它织成衬衣供这座树林底全部女神用，可以结成一叶青帆在海上浮。拿去罢。你要把它解松，随行随放出来直至那怪物底荒穴。你就可以循着它向光天处回来。"

他转身向那些供牺牲的人。"去罢，"她叫道，"你们平安了。"

她逃开去。美梨司却不动。

替慈接过青绒，并问道：

"你是谁?"

"我是属于你的。"

"我可以唤你底名么?"

"婀梨安娜,朱而士底七世孙女。父亲是弥那司,克勒提底国王。但是如有别的名字中你底意,说出来,那就是我底名字。"

仿佛俯向东方似的,他凝视着婀梨安娜底双眼。然后一声不响地走进迷宫去了。

"替慈!替慈!"她唤道。

"替慈,止步罢!我不能再期待了;我要去!我要见你!啊!我很想亲身临视那血肉横飞的胜利。进去。让我来握线。当你把怪兽砍倒时,我将狂吻那给利角损伤的丽手,而且你就在得胜处就地成我底丈夫。"

于是她举步踏进那恼恍的夜里,把青绒下垂底一端紧悬在石上。但当他从英雄底臂间走出,让绒线从紧握的指隙漏下来时,那把他们维系于生命的碑志却是被绞的美梨司底可怜的尸体。

(二)

幽林与碧海之间。

清晨。

一片小圆的沙滩,净而黄。

　　婀梨安娜在拿梳岛上醒了，却依然闭着双目，因为她想默默重温近来的旧事，就是自从替慈令她在自己底灵魂里发现一个陌生的婀梨安娜那一天。

　　栢林，阳光底利剑，洞口，白衣的牺牲品，无甲胄无武器的英雄，青绒，碑志，狭巷，突然的转弯，无尽头的下降，无尽头的上升，怪兽涕水涟涟的鼻，利角，惊人的巨手，短促的角斗，地上淋漓的血，黑暗中的归途，光天底重见，草尖底露滴，栢树梢头底薄暮，温甜的躞蹀，离别，船身底初移，海的气味，夜色，第二次黄昏和登岸。

　　她知道她曾经睡在杀手底身边，与他底光荣并肩卧着，她从美满的幸福醒来，当前是一般欢乐与确定的生命远景。

　　她底手儿伸开，重复倒在地上。她底手儿寻着，转着，退后，愕然。永远是草或沙或冷花或污泥。

　　她唤道：

　　"替慈！"

　　她睁开眼，张开口，站起来，高举双臂：一粒可怕的汗珠从蓬松的发间溜下来了。身边，面前，脚底，臂间，全不见……

　　她奔向海面，舟已启帆了。

　　远处，半在云上，半在波上，一只黑色的小鸟疾飞着，这就是载着替慈底命运的轻舟，可是太远了，目光便分辨不来，绝望的呼声未到已先沉了。

疯了！她把衣抛在沙滩上。投身进海里。海浪冲击她冷颤的两股，水没了她底腹。

她叫道：

"婆罗西憧，碧海底王，滔滔绿浪底牧人呵！举起我，冲我到那即是我自己的人儿那里罢！……"

婆罗西憧听见了，可是并不俯允她底呼吁。灵迹似的水把呜咽的婀梨安娜夺去了，轻轻抛在绒绒的绿苔上。

船已在海壁底后面隐灭了。

一时，喧声四起，人声，骇号声，林地霹雳声。

"喂！伊和翳！谁在路上，谁在路上？"

醉醺醺的女酒神们从山上连翩而下，还有山精与牧神，在魔杖下互相拥挤着。

"谁在路上！谁在家里！依雅哥斯！依雅哥斯！伊和翳！"

她们都挂着狐皮，系在左肩上。

她们底手舞着树枝和青藤底圈儿，她们底发给繁花坠到她们底颈背几乎折了；她们底胸纹变成了汗底溪流，她们股上反映无异于夕照，她们底狂叫喷着怒飞的唾沫。

"依雅哥斯！美的神！强的神！生的神！依雅哥斯！领导我们底狂宴罢！依雅哥斯！鞭挞和指引罢！激怒群众，蹂躏乱哄者和捷足们罢！我们是属于你的！我们是你底气息！我们是你底扰攘的欲望！"

可是她们骤然见婀梨安娜了！

她们一伙儿倒在她底身上，拉她底臂，拉她底腿，扭她底惨淡的发；第一个捉住她底头，然后，脚踏在肩上，把它像一朵沉重的花般拔出来！别的磔裂她底四肢，第六个撕开她底腹，把小胎抽去，第七个呢，用手插进胸里，把血淋淋的心挖出来。

神，神显现了。

她们都蜂拥向着他，手里挥舞着旌旗……

他是裸体的，头戴麻冠，腰系鹿皮，手捧着一只黄杨木杯。

他说：

"放下这些可怜的肢体罢。"

那些女酒神们齐把婀梨安娜底残躯抛在地上；他一挥手，她们便向着四山溃散了，像群羊给野蜂追逐一般。

于是他微倾手里的空杯，杯汩汩然流着；看呵，四肢骤然合拢，心儿恢复跳动，迷离的婀梨安娜支着手儿起来了。

"翟阿尼梭斯啊！"她说。

幽明的夜浸着海面。

神把五指向前伸，带着严肃而慈怜的声音说：

"起来！我是醒悟。"

"起来！我是生命。"

"挽着我底手……"

"随我来……"

"这是永久安息的路了……"

（三）

一条崎岖而裸露的山峡。

夜。

静。

"他现在怎样了呢？"婀梨安娜问道，"我已忘掉他底名字了，可是我还记得他把我抛弃。"

"他必定，"神答道，"他必定要抛弃你，因为这是你所信赖爱底律法。求爱的将不得爱；得爱的将必逃掉。所以你错了，但是今天你可走着正路了，在这永久安息的路上。"

"翟阿尼梭斯王呵！这安息是怎样的呢？"

"你不曾感着么？"

"真的。我已经不是婀梨安娜了。我已觉察不到我从前损伤的脚底下的石和叶了。连空气底清鲜也感觉不到了。我只觉着你底手。"

"可是，我并没有触到你……"

"你领我到什么地方去呢，万民礼拜的神呵？"

"你将永不见太辉煌的日光和太黑暗的夜。你将永不感到饥和渴，爱和倦。至于那最大的恶，对于死亡的恐惧呢，婀梨安娜呵！你已经永远超脱了，因为实际上你已死了。

看，何等安乐！"

"哟！我怎会想到没有那恶毒的爱，人们亦可以得快乐呢。"

"看我……"

"不这样我也看见你。我看见你。救主呵！你领我到哪里去呢？"

"你要到的国度是飘忽、昏黄、轻逸、无形、无色的。那里草无异于花，像天和水一般灰白。空气终古沉寂不动；光如冬昼或夏夜一般神秘。白天不知是从地面升起还是从苍穹下降。蓓蕾永不开花，瓣儿不再凋谢了，枝上没有鸟儿讴歌，而六千兆幽灵底声音却是一片不可言喻的静。你将不再有眼睛：为什么还要看呢？你将不再有手：还有什么可抚触呢？你将不再有唇，你将永远解脱了亲吻了。可是现实底影将仍在你底四周浮动，剩下的生命是一场无苦无乐的梦；无欲望又无享乐，你将永不再识痛苦了。"

"你也住在你应许我的你的国度里么？"

"我是群影底魔王，地狱之水底主。我高据黑暗的王座；我举着的指儿招引幽魂朝它走，它们来自世界底极端，在我底眼前旋转，晕眩和振翼。我头戴麻冠，因为正如折下来的葡萄在榨机底脚下再生而流成紫芳醪。死底哀痛亦很灵妙地化为复苏底陶醉，我手持麦穗，因为，正如腐了的种子在肥沃的土壤里再生为油油的碧草，痛苦与不宁亦一样地在你所皈依的永久安息里萌芽，开花和忘形。"

"我在那里是否和你远隔，群众里一颗伶仃孤苦的魂呢？"

"不：你将统治，在我底身边统治，美发垂垂的女王呵！你底秀颜将反映阴间草地底宁静。幽灵们将先谒见你。你将享有那众神不能有的快乐，去凝视幸福在万千不朽的幽灵底永寂的眼里诞生。"

"翟阿尼梭斯呵！……"

于是她举起双臂向他。

"完了么？"菲铃娜说。

"我不再多讲了。"

莱亚，气忿忿地：

"辟世风尼才是地狱底女王呢！"

"对了。"台拉世士说。

于是那刚才听到这神话底收场的迷朗特利安，把讲故事的人拉开，眼愣愣地望着他说：

"你不曾说出你所想的。"

"并不。当翟阿尼梭斯对弥那司底女儿这样说了之后，事实是他把她毁灭了。但是单由这番未来幸福的话，他赐给她的快乐可不多于他所应许的么？我刚才为这些女人所干的正与他为婀梨安娜所干的无异。别撑开她们底眼。宣说真理不如颁布信心，因为希望比胜利温柔呀。"

"悔恨却温柔于希望。"

"女人们可不知道这些。"

（德国）贺夫曼

Ernst Theodor Amadeus Hoffmann（1776—1822）

圣史葳斯特之夜 [①] 底奇遇

楔子

那狂热的流浪人，他底画册献给我们这幅迦罗 [②]（Jacques Callot，1592—1635）式的幻想画，显然那么分不清他底内在生命和外在生命，以致我们很难指出它们底界限；但是，善意的读者，既然你自己对于这些界限并没有一个这样准确的观念，我们这幻想家也许令你不知不觉便超越了它们，于是你突然发觉自己被抛到一个奇异的境域，那里的神秘居民将渐渐加入你底外在的实际的生命；因而你们不久便很亲密地相处，像多年的老伴一样。

就这样接受他们罢，熟习他们底诡秘的行藏，以便易于抵受那些他们底直接交易有时带给你的轻微的寒颤：我极力

---

① **圣史葳斯特之夜**　即除夕。
② **迦罗**　画家名。

恳求你，善意的读者呵。这已经在各处，尤其是柏林，在圣史葳斯特底晚上碰到许多古怪和疯狂的奇遇的狂热流浪人，我还能为他干什么呢?

一　爱人

死，冰冷的死在我灵魂里，我仿佛感到许多尖锐的冰块从我底心溅射到我底热烈的血管里。迷惘中，我不戴帽子，不穿外套，投入那浓厚的、暴风雨的黑夜底胸怀。风标轧轧地响着；你仿佛听见那可怕的永恒的时间之轮在转动，仿佛那旧年，和巨大的重量一般，脱落而且哑重地滚入无底的深渊里。你知道这时期，圣诞节和新年，你们都带着一种纯洁宁静的满意去欢迎，永远把我赶出我那安静的居室，入到一个怒溅着白沫的海浪里去。

圣诞节! ……这些节日底可爱的光彩早就把我底灵魂勾去了；我几乎不能等待了。我变得比年中其余的日子更良善、更天真；我这颗开向一切天上的欢乐的心不能怀有丝毫黑色的或怨毒的思想；我返老还童，带着一个童子底喧闹活泼的快乐。在那些圣诞节的商店光彩夺目的陈设里，我看见许多天使底慈颜向我微笑；圣洁的风琴底叹息，透过了街上的熙攘，仿佛远远地达到我心里；"因为天婴降生了!"但是节期既过，声响沉没了，这一切光彩都散失在哑重的黑暗里。每年都有许多花朵凋谢，许多花芽枯死，永无阳春复苏它们底枝条的希望！

这个我当然知道；但是一种仇恶的威力，每当流年将尽的时候，永远带着一种残酷的快意重新提醒我。"看，"它向我耳语道，"看多少的快乐今年又永远离开你了！但你也变得更聪明了，今后你不再看重这些轻佻的娱乐了；看，你已经变成一个越来越严肃的人，一个没有乐趣的人了。"

魔鬼永远在圣史葳斯特底晚上为我保留一个稀奇的盛宴：他不慌不忙地准备，然后带着狞笑跑来用利爪撕破我底心，饱喝我心里最纯洁的血。身边一切现成的东西都可以帮助他达到这目的；试看昨天晚上那法院顾问官便做了他所需要的工具。圣史葳斯特底晚上，这顾问官常在家里举行一个盛大的聚会；他那时候很热心地要为每人底新年准备一个意外的惊喜，但做得那么蠢笨，他所费尽心机想出来的快乐往往竟变为一个可笑可痛的失望。我刚到外客厅，他便跑来会我，使我在客厅门口站住，一缕缕热茶底蒸气夹着美妙的芳香从那里透出来；他很诡秘地微笑，并且用尽了他所能做到的殷勤对我说：

"好朋友，好朋友，客厅里有件乐事等着你！一个配得上这圣史葳斯特底美丽的晚上的意外惊喜。你可别害怕呀！"

这些话很沉重地落在我心上，引起了许多阴沉的预感；我感到一种残酷的压迫。门开了，我急忙跑进客厅去；在沙发上，在许多仕女中间，我瞥见了她底艳影。果然是她！是她本人，我不见她已经许多年了！我毕生幸福底时刻，像一道神速有力的电光一般，又一度闪过我底灵魂了。再没有不幸的隔别了！甚至一个新的离别底念头也离得很远了！

什么神奇的机缘带她回来呢？她和那从不曾对我提过她的顾问官底社会有什么关系呢？

我并不在这些思想上停留须臾……我终于再找着她了！

兀立不动，像一个被雷殛的人，大概就是我当时的情景罢。

顾问官轻轻地推我：

"去罢，我底朋友，我底朋友！"

我机械地向前走；但我只看见她，从我那被压迫的心胸几乎透露不出来这些声音："上帝！上帝！玉丽在这里！"

我站在茶桌边；玉丽这时候才看见我。她站起来用一种生疏的口气对我说：

"我很喜欢在这里遇见你。你底健康似乎很好！"

一朵娇媚的花在芬芳馥郁中闪耀于你眼前，你走近去；但是，正当你低头要欣赏它底鲜艳的颜色的时候，忽然一条冰冷恶毒的妖蛇 ① 从那火焰似的花心冲出来，用它底虚诈的目光射死你……这就是我刚才的经验了。我很笨拙地向在座

---

① **妖蛇**　指魔鬼。

的太太们行礼，而且，为要在我底深切的痛苦上添上可笑，我匆匆地转身的时候手腕竟撞着那站在我背后的法院顾问官，把他手上那热烘烘的茶杯抛在他底摺得很亮的胸饰上。大家都笑顾问官底不幸，更笑我底举动笨拙。这样，这天晚上什么都要把我弄成小丑似的，我只得安于命运了。玉丽并没有笑；我迷惘的目光碰着她底，这仿佛是一道过去的幸福——那整个爱和诗的生命——底光辉回来向我微笑。

有人在邻室开始弹钢琴，全座的人都动起来。据说那是一个名叫白尔爵的外国琴师，技术如神，大家都得格外注意他。

"别敲你底茶匙，眉眉！"顾问官喊道。

于是手微微指向门那边，他用一声很和悦的"来罢？"邀请那些太太们走近琴师。玉丽也站起来，慢慢向邻室走去。她身上的一切都仿佛戴上一种不可言喻的光辉；我觉得她比从前高了，她底形体也发展得足以奇妙地增加她底艳丽。她那剪裁得很巧妙的满是褶纹的白袍领盖着她底颈背和背膀底一半；她那宽大的袖子到腕部渐渐紧缩起来；那在额前分开的美发结成无数的小辫披散在颈后：这些都给予她一种古雅的丰姿；令你记起密尔里底画里的贞女……而同时我又仿佛在什么地方亲眼看见过玉丽现在所变成的丽人似的。她脱下手套，什么都齐全，甚至那戴在手上的刻镂精细的手镯，使它完全像从前那永远更灵活更艳丽地袭击我的倩影。

玉丽在未走进隔壁的客厅以前回头望我，我仿佛瞥见这年轻妖媚的天使底面庞收缩成一种苦涩的讽刺的表情：一个可怕的疯狂的感觉占据着我，使我全身底神经都拘挛地颤动起来。

"啊，他弹得神妙极了！"一个年轻姑娘，大概受了甜茶底鼓舞罢，这样喃喃着。

不知怎地她底手臂竟插在我手臂里，于是我领着她，或不如说，她拉着我到邻室去。白尔爵这时正在使那最猛烈的飓风怒吼着；那强劲的波起伏得和怒涛一样；这于我很有好处。玉丽恰巧在我身边，用从前那最温婉最娇柔的声音对我说：

"我很愿意看你弹琴，歌唱着那消逝了的希望和幸福！"

仇敌离开我了，我很想在"玉丽"这一声里表出那回来临照我的一切天上的福乐。别的宾客从我们中间走过，把我和她隔开了。显然地，她现在要回避我了；但我依然能够时而呼吸她底温馨的气息，时而摩擦她底衣裳；那明媚的春天，我以为永远消逝了的，又带着绚烂的颜色复生了。白尔爵已经停住了那暴风雨底怒吼，天色开霁了，像清晨朵朵金色的小云般，轻盈的音调在最低沉的音阶里浮荡着。

奏完之后，那琴师得到大众底普遍而且应得的鼓掌；然后大家又纷纷混乱起来，因而我又和玉丽一起。我底精神极兴奋，在那痛楚的热情里，我想抱住她吻她，但那讨厌的仆人底可咒诅的面目突然在我们中间出现了。

我可以奉献你们……吗？……他带着可憎的声音对我们说，一边把一大盘点心奉给我们。在许多盛着热烘烘的香醪的玻璃杯当中，站着一个雕镂得很精美的玛瑙杯，似乎也盛着同样的酒。这杯怎样会来到这里，那个我一天比一天熟悉的，那个走路时永远用脚画些古怪的括弧的，那个最爱红袍和红花翎的 ① 比我知道得更清楚。玉丽把这闪着异光的玛瑙杯擎在手里献给我说：

"你还和从前一样愿意从我手里接受这香醪吗？"

"玉丽！玉丽！"我叹息着喊道。

我把杯接过来，轻轻触着她底纤指；无数电光底火花闪烁着，散布于我全身底血脉。我喝了又喝；我觉得有无数淡蓝色的小小的火舌在杯面和我舌头底四周熠熠着，杯干了，我自己也莫名其妙地忽然在一间给一盏雪花石膏的灯照着的小房里，坐在一张长椅上。而玉丽！玉丽呢！她坐在我身边，用稚气的目光向我微笑……和从前一样！……

白尔爵又开始弹钢琴了；她弹着莫差尔特底崇高的交响乐底平调；乘着和谐底强劲翅膀，我底灵魂重复找着我底爱

---

① 那个最爱红袍和红花翎的　指魔鬼。

与幸福的良辰……不错，就是玉丽！就是玉丽本人，美丽温柔和天使一样！我们底谈话——热爱底呻吟——不用语言表达，只靠眉目传神；她底手在我底手里。

"今后我不再离开你了，你底爱情就是火花，在我里面重燃起一个诗与艺术里的崇高的生命：没有你，没有你底爱，一切都是冷，一切都是死的！但是你回来可不是要永远属于我吗？……"

正在这时候，一个长脸，蜘蛛腿，眼睛像蛤蟆般凸出头顶的人很累赘地摇摇摆摆进来。脸上浮着谄媚的微笑，他用低沉尖锐的声音喊道：

"但是我底太太跑到什么鬼地方去呢？"

玉丽站起来对我说，她底声音全变了：

"我们回到大众中间去罢；我底丈夫找我。你刚才依旧是很好玩的，亲爱的朋友；依旧是从前一样古怪变幻多端的脾气；只是，对于酒要谨慎一点。"

于是那蜘蛛腿的小丈夫握住她底手，她笑着跟他走进客厅去了。

"永远失掉了！"我喊道。

"当然啦，哥狄尔，亲爱的！"一个在黑影里玩耍的畜生插嘴说。

我跑出去，跑出去，在暴风雨的夜里！……

二　酒吧中的伴侣

大踏步在菩提树下散步也许是很舒服的，但断不是在一个雪花乱飞、寒风彻骨的圣史葳斯特底夜里。这是我底感想，当我既无帽子又无外套，感到一阵阵冷风包围住我那发烧的身体的时候。我在这种景况下踏过歌剧院桥，经过堡垒底面前，然后转身向水闸桥走去，把造币厂留在后面。

我走到猎人街，在梯尔曼商店附近：屋内照耀得很明亮，我刚想走进去，因为我已给寒气浸得发抖了，我需要畅饮一杯很猛烈的酒。这时候，一大群人高声谈笑着从屋内冲出来：他们说及上等的生蚝和一八一一年底无上的陈酒。

"他说得很对。"其中一个喊道。我认得他是枪骑兵底上校，就是他去年在玛因斯大闹那些酒店底小子们，因为他们无论如何不肯在一七九四年卖给他那一八一一年底旧酒。

大家都张开喉咙大笑。我不觉再往前走几步，走到一间独点着一盏灯的酒吧面前。莎士比亚剧中的亨利王第四有一天可不也疲倦和卑鄙到想起一杯小啤酒吗？事实是，同样的情形临到我身上：我想喝一瓶上好的英国啤酒，于是便匆匆往那酒吧走下去。

"你想要什么呢？"店主人手放在帽边，很和蔼地迎上前来说道。

我问他要一瓶上等的英国啤酒，和一撮好烟；我马上感到一阵这么崇高的和平，就是魔鬼自己也不得不尊重我，让我有片刻的安静。——啊，法院顾问官！如果你看见我从你那灯火辉煌的客厅走出来，在一间幽暗的酒吧里喝的不是茶而是小啤酒，你也许会傲岸地避开我罢。

"这有什么稀奇呢，"你会喃喃道，"这样的人会弄坏了那最美的胸饰？"

没有帽子，没有外套，对于这些人我该是一个惊诧底题材罢。店主底唇边正挂着一个问题；忽然，有人拍在窗上；上面一个声音叫道：

"开门！开门！我来了！"

店主赶快跑上去又马上走回来，手里捧着两枝蜡烛，一个很长很瘦的人跟着他下来。经过那颇矮的门的时候，他忘了低头，很重地撞了一下；但是他头上那角形的黑帽为他防备着一切意外。他小心翼翼地靠近墙边走过，在我对面坐下，当侍役把灯放在桌上的时候。我们可以说他看来很高雅却又不甚得意的样子：他气愤愤地要烟和啤酒。他才吸了几口，一片浓厚的烟云便包围着我们。而且，他样子那么奇异又那么迷人，我立刻倾倒了，虽然他脸色很阴沉。他那浓黑的鬈发在他额前分开和披散在两肩上，使他酷肖吕滂画的小像。他脱下那阔的外套后，我发觉他穿着一件发织的黑袍；但最令我惊异的，就是他在靴上更穿着一双很美丽的睡鞋，我注意到这个当他敲他那五分钟内便吸完的烟斗的时候。我们很难找到什么话来谈，这生客似乎很关心从囊中取出来的许多异草，仔细审视它们。我对他表示我很惊讶得看见这许多美丽的异草，又因为它们看来还很新鲜，说是从植物园或布谢家里采来。他带着怪笑说：

"你对于植物学似乎是门外汉；否则你就不会这么……"

他踌躇了半晌，我低声接着说：

"愚昧地……"

"发问了。"他用一种和蔼的爽直的口气说完了。"你就会，"他继续说，"一眼认出这是些亚尔帕山底植物，只在尖坡罗夏才能生长的。"

那生客几乎很低声说出这几个字，你可以猜想它们使我起怎样奇怪的感觉了。许多问题到我唇边便消失了；但我心里生了一个预感，我想象如果我不常见这生客，至少也梦见过他。

又有人趴在窗上叫门了，店主人把门打开，一个声音喊道：

"多烦你把镜子盖住吧！"

"哈！哈！"店主说，"是梭摩洛夫将军，老是很晚才来！"

店主把镜子盖好；一个矮子立刻带着颇笨拙的速度，或更准确一点，带着很沉重的轻松跳进来，身上裹着一件奇怪的褐色外套，这外套褶成无数极小的皱纹在他身上荡漾得那么奇怪，烛光下你竟以为看见几个形体在或开或翕，像欧士勒底幻灯一样。他开始搓他那双藏在长袖底下的手，喊道：

"冷呀！冷呀！啊真冷呀……意大利就完全两样！完全两样！……"

他终于在我和那高大的邻人中间坐下说：

"这烟味很难受！……用烟抵抗烟！……只要我有一口！……"

你送给我的那个光亮的铜烟盒恰巧在我口袋里；我拿出来打算把烟送给他。他一瞥见便立刻用两手猛烈地推开说：

"拿开！拿开这可恶的镜子！……"

他底声音是怪可怕的，而且，当我愕然望着他的时候，他和刚才完全两样了。他跳进来时脸色又清爽又年轻；现在却露出一个凹眼的老人底死似的苍白的皱脸了。

给恐怖抓住，我跑向那高大的生客。

"体念上天底名，看看罢！"我快要喊出来。

但是他正全副精神集中在他底植物上，并没看见刚才的事变，同时那矮子已用他那微带造作的口气喊道："拿北方酒来！"

不久我们便开始谈话了：我觉得那矮子颇讨厌，但那高个子的却会把些表面上无关轻重的东西说得很深刻很悦耳，虽然他得和一个不是他母舌的语言挣扎，并且常用错字；但这反而给他底语言一种辛辣的个性。因此，他不独使我尊敬和亲近，并且减轻了那矮子所引起的不快之感。

这矮子仿佛是给弹簧撑着的,因为他在椅上动来动去,做种种的手势,——但一滴冰冷的汗从我底头发直流到背上,当我很清楚地发现他用两副不同的面孔凝望我;他尤爱用他那副老脸审视那另一位生客(虽然没有看我时那么可怕):这后者底沉静的气象和他底不歇的动摇正好成对照。

在我们这下界生命底化装舞中,心灵底深刻的眼睛往往直透面具底下面,认出那些同属一家的心灵;就是这样我们三人,和其余的人那么不伦不类,在这酒吧里互相凝视和认识。自那刻起,我们底谈话便带上这只适于受了致命伤的灵魂的忧郁的特质。

"又是钉在生命上的一口钉。"那高个子的说。

"啊上帝!"我接着说,"那魔鬼可不到处被我们钉上吗?在我们住宅底墙上,在丛林里,在玫瑰丛中……我们经过什么地方不要被钩去一块呢?我尊贵的伴侣呵,似乎我们每个都这样丢了一些东西。我自己,比方说,今夜就短了一顶帽子和一件外套,两者都挂在法院顾问官底外客厅墙上,像你们所知道的。"

矮子和长人同时打了个寒噤,仿佛同时意外地被打了一下:那矮子做出极丑怪的鬼脸望着我,然后跳到椅上,把那盖着镜子的布按稳一点,另一个却小心擦着烛台。

我们底谈话很难重温起来;可是我们终于无意中说起一个名叫腓力的显赫的年轻画家,和他为一位公主画的肖像。

这像画得非常的好，因为他不独受了爱神底启发，并且从他爱人底极虔诚的灵魂汲取那对于天上事物的怅惘。

"这像画得那么惟妙惟肖，"那高个子的说，"与其说是肖像还不如说是影子。"

"真的，"我叫道，"我几乎以为是从镜中偷来的！"

那矮的忽然站起来，用他那副老脸怒向我，眼睛炯炯的，似冒着火。

"真是好笑，"他喊道，"这真无意识！谁能从镜里偷取影子呢？"

"谁能够？照你底意思，或许那魔鬼罢？"

"哈！哈！兄弟呀！"他用他那笨重的爪把镜子打破了，一个女人底影子底纤白的手满盖着伤痕和鲜血。"嗄！嗄！试把那从镜里偷来的影子给我看，我就在你面前像鲤鱼般从千丈高处跳下来。你听见了吗，倒霉的小丑？"

那高个子的也站起来，走向那矮子并对他说：

"别这么捣乱，朋友，否则我要把你从梯底下抛到梯顶去。而且，我相信，你自己的影子是难看的。"

"嗄嗄嗄！"那矮子轻蔑地带着一种狂热笑着叫出来；"嗄嗄嗄！真的吗？……真的吗？……我至少还有我底美丽的影子呀，可怜的小子，我至少还有我底影子呀！"

说完，他便跳出酒吧去，我们还听见他在街上大笑大叫道：

"我还有影子呀！……我还有影子呀！……"

那高个子的疲惫而且惨白地倒在椅上了，双手捧着头，那被压迫的心胸很艰难地叹出一口气来。

"什么事了？"我关心地问。

"呀，先生，这个刚才对我们这么无礼貌的鄙夫缠绕我一直到这酒吧里，这是我惯常的隐息所，中间只有几个小精灵来探访我，伏在桌底下拾吃面包屑的。这个坏蛋竟将我重复浸在我底残酷的不幸里了……唉！我失掉，永远失掉我底……了。再会罢！"

他站起来走出地窖去。他走过的时候，周围的东西全是明亮的：他并不投射丝毫的影子。我很兴奋地冲出去追他。

"彼得士里弥尔①！彼得士里弥尔！"我很高兴地喊着。

但他已经扔掉他底睡鞋了；我看见他跨过巡捕营，消失在黑暗中了。

当我想回到地窖里去时，店主人把门打在我底鼻子上，并叫道："愿上帝保佑我不要来这样的客！"

---

① **彼得士里弥尔**　德国一本很有名的小说《失了影子的人》底主角。

（印度）太戈尔

Rabindranath Tagore（1861—1941）

隐　士

——把我们从虚幻的引到真实的——

第一场

隐士（在洞外）日夜之分对于我是没有关系的，年月之分也没有。对于我，时间之流已经停止了，世界在它底波浪上像禾秆树枝般舞蹈着。我孤零零在这黑魆魆的洞中，沉没于我自身里。——永夜又是寂静的，像一个山顶底湖畏惧它自己的深处一般。水从隙处渗滴下来，古蛙在池里浮游着。我坐着歌唱那虚无底符咒，世界底界限一线一线地收缩了。——星星，像火花一般，从时间底铁砧散出来的，都熄灭了；当西华神从悠久的酣梦醒来，发现他自己在无限毁灭底心中时，他所得到的愉快，那愉快就是我底了。我是自由的，我就是那伟大孤寂的唯一至尊。当我做你奴隶的时候，自然呵，你驱使我底心攻击它自己，使它在它自己的世界里作凶猛的自杀之战。欲望，除了吞食他们自己和一切走进他们口里的东西以外，再没有别的目标，把我鞭挞到恼了。我到处奔跑着，狂追着我自己的影子。你把你快乐底电鞭驱逐我到蹩足底窟里。饥饿，是你底陷阱，永远把我引诱到那无穷的荒馑去，那儿食物变为尘埃了，饮料化为蒸汽了。

直到我底世界都充满了泪和灰底斑点了，我赌咒一定要对你报复，你无终的显现，无穷的变幻之主哟！我栖身在这黑暗里——那无限底炮垒——与诡诈的光作战，一天又一天，直到它丧失了它底利器，无权无力地俯伏在我脚底。现在呢，我已没有了恐怖和欲望了，浓雾消散了，我底理智也清明地照着了，让我走进那群谎底王畿，不虑不动地坐在它底中心罢。

第二场

隐士（在路旁）这地球是何等狭小而且锁闭呵，给坚牢的地平线看守追踪着。树木、屋宇，和一簇簇的事物，都逼进我眼帘里。光，像一个樊笼一样，把黑暗的"永恒"关闭了；时间在它底栅栏内，像笼中的鸟儿呼跳着。但是这些嘈杂的人，为什么只管簇拥而前呢，究竟为什么目的呢？他们常常都像怕失了些东西一样——那些东西又是永不到他们手里的。（一群人经过）

（一村长和两妇人入）

第一个妇人　呵哈，呵哈！你竟令我笑了。

第二个妇人　但是谁说你老呢？

村长　有些蠢人专由人底外貌判断人的。

第一个妇人　那真可哀啦！我们从小就注意你底外貌了。这许多年都是一样的。

村长　像朝阳一样。

第一个妇人　是的，像光秃的朝阳一样。

村长　姑娘，你们底批评未免太吹毛求疵了。你们留意到不重要的东西。

第二个妇人　别再饶舌罢，安纳加。我们要赶快回去，否则我男人要恼了。

第一个妇人　请了，先生。不妨由我们底外貌批评我们，我们是不要紧的。

村长　因为你们没有内容可说呀。（他们下）

（三个乡人入）

第一个乡人　敢冒犯我吗？那无赖！他就要后悔了。

第二个乡人　我们必定要给他一个完全的教训。

第一个乡人　一个追随他到他底坟墓的教训。

第三个乡人　是的，兄弟，把他紧记在心里罢。不要放松他。

第二个乡人　他长的太大了。

第一个乡人　大到要爆裂了。

第三个乡人　蚂蚁到了生翼的时候便死了。

第二个乡人　但是你已经有了一个计划未曾？

第一个乡人　没有一个，不过千百个罢了，我要把犁耙在他底屋里犁过。——我要把他底脸儿涂得黑黑白白的，使他骑着骡子周行城里。我要令这世界对于他酷热到不可耐，而且——（他们下）

（两个学生入）

第一个学生　这次辩论，我敢决定麦德哈白教授必定胜。

第二个学生　否，是蒋拿敦教授胜。

第一个学生　麦德哈白教授把他底论点力辩到尾。他说精是粗底果。

第二个学生　但蒋拿敦教授却很坚决地证明精是粗底原。

第一个学生　断不能的。

第二个学生　像白天一样明白。

第一个学生　种子是从树出的。

第二个学生　树是从种子出的。

第一个学生　隐士，哪一个是真的呢？精和粗，谁是原始呢？

隐士　都不是。

第二个学生　都不是。不错，听来是很完满的。

隐士　始就是终，终就是始。那是一个圈儿。——精粗之分只是你们底无知罢了。

第一个学生　不错，听来是很淡显的——我想这就是我老师底意思。

第二个学生　这个当然和我老师所教的比较符合些。

隐士　这些鸟儿都是些啄取语言的鸟呵。当他们能够掇拾些缠纠的无意识的言语，可以塞住他们底口时，他们就快乐了。

（两个采花女人）

歌：
　　倦怠的时候过去了。
　　　开在光里的花
　　萎谢而坠落影子里了。
　　　我想在清晨的幽凉里
　　为我底爱人织一个花圈。
　　　但是清晨快过去了，
　　花还没有采集，
　　　我底爱人却已失掉了。

一个过路客　为什么这样悔恨呢，亲爱的？花圈做好了，不愁没有颈儿的。

第一个采花女 更不愁没有马［革龙］头。

第二个采花女 你真大胆。为什么来得这样近？

过路客 你底争执是无谓的，我底女郎。我和你底距离，尽可以容一只象行过呢！

第二个采花女 真的，我竟这样可怕么？就是你来近了，我也不会把你吃掉的。

（他们笑着下）

（一个老乞丐入）

乞丐 慈悲的先生们，可怜我呵。愿上帝保佑你们。把你们底多余，赐少许给老乞丐罢。

（一个兵士入）

兵士 走开。你不见国务大臣的儿子来了吗？（他们下）

隐士 正午了。太阳渐渐地强烈了。天空好像一个覆着的焚烧的铜碗一般。大地呼吸着火热的叹气，旋卷的沙舞蹈着。我见了怎样的人间景色呵！我可能再缩回这些生物底渺小里，变为其中的一个么？不，我是自由的。我已经没有了这障碍物，这围绕住我的世界了。我只住在一个纯洁的孤寂里。

（女子华纯提和一个妇人入）

妇人 女子，你是洛夏的女儿，是么？你应该离开这条路。你不知道这是达到圣庙的吗？

华纯提 我是在这最远的路边呢，姑娘。

妇人　但是我以为我底衣角碰着你。我是把祭物带给女神的，——我希望它们不致被亵渎。

华纯提　我敢担保你，你底衣裳并不曾碰着我。（妇人下）我是华纯提，洛夏的女儿。我可以靠近你么，祖师？

隐士　怎么不可以，孩子？

华纯提　他们都叫我"亵渎"呢。

隐士　但他们又何尝不都是一样的亵渎呵。他们都是在生存的尘里辗转着。只有那把世界从他心里洗掉的人，才是清洁罢了。但是你究竟干了些什么呢，女儿？

华纯提　我先父反抗他们底法律和神灵。他不肯行他们底礼式。

隐士　你为什么不站近来呢？

华纯提　你抚摩我么？

隐士　是的，因为没有什么能够真触着我。我是永久都远在无穷里的。倘若你想，你就可以坐在这里。

华纯提（深深地叹了一口气）既然你叫我亲近你，别再叫我离开你呵。

隐士　拭去你底眼泪，孩子。我是一个隐士。我底心里是没有憎和爱的。——我永不要你是我底：所以我也不抛弃你。你之于我恰像这青天之于我一样，——你存在！——却又不存在。

华纯提　祖师，我是神人共弃的。

隐士　我也是一样。我已经舍弃了神和人了。

华纯提　你没有母亲么？

隐士　没有。

华纯提　也没有父亲么？

隐士　没有。

华纯提　也没有朋友么？

隐士　没有。

华纯提　那么我就和你一起罢。——你不会离开我么？

隐士　我再不离开了。你可以站近我，却仍不能亲近我。

华纯提　我不明白你，祖师。告诉我，全世界都没有我底栖身处了么？

隐士　栖身处？你不知道这世界是一个无底的罅隙么？蜂拥的群生，从虚无之洞出来，寻求栖身的地方，走进这空虚的呵欠的口去，便失落了。你底四周，都是些欺妄的群鬼摆设他们底幻影之市，——他们所卖的食物都是影子。他们只哄骗你底饥饿罢了，却不令你吃饱。离开这儿罢，孩子，离开罢。

华纯提　但是，祖师，他们在这世界好像很快乐似的。我们何不站在路边看看他们呢？

隐士　咳，他们不明白罢了。他们不知道这世界是伸张到永远的死亡，——这世界刻刻都死着，又永远不到尽头。——我们这世界底生物就吃死亡以生存。

华纯提　祖师，你吓怕我了。

（一个行客入）

行客　我可以在这左近得到一块栖息的地方么？

隐士　栖息的地方是没处寻觅的，我底儿子，只有在你自身底深处。——寻求那个罢；紧紧地抓着它，要是你想得救。

行客　但是我倦了，我想得到歇息的地方呢。

华纯提　我底茅舍离这儿不远。你愿来么？

行客　但是你是谁呢？

华纯提　你必定要知道我么？我是洛夏底女儿。

行客　愿上帝祝福你，孩子，但我是不能逗留的。

（几个人抬着一个人在舁床上入）。

第一个抬者　他依然鼾睡着。

第二个抬者　这恶汉好重呵！

一个行客　（不是他们底同伴）你们抬的是谁？

第三个抬者　是织工班德，他熟睡得好像死一般，我们便把他抬走了。

第二个抬者　但是我倦了，兄弟们。我们摇醒他罢。

班德（醒来）呀，呀，唔——

第三个抬者　那是什么声音？

班德　我说。你是谁？我是在哪里被抬的？

（他们把他卸下）

第三个抬者　你不能静默好像一切良善的死人一般么？

第二个抬者　不要脸得很！死还要说话。

第三个抬者　倘若你能够静默，对于你比较妥当些。

班德　很抱歉不能如你们底愿，先生，你们错了。我并非死，不过熟睡罢了。

第二个抬者　我很羡慕这厮不怕丑，死还要争辩。

第三个抬者　他是不肯招认的了。我们去做完这葬礼罢。

班德　我敢指着你底须为誓，我底兄弟们，我和你们谁都是一样活的。（他们笑着把他抬去了）

隐士　这女子已经熟睡了，她那小小的头儿枕在她臂上。现在我是必定要舍她而去了。但是，懦汉，你必定要避开，——避开这渺小的东西么？这些都不过是自然底蛛网，只有对于飞蛾才危险罢了，何其于一个像我这样的隐士。

华纯提（突然惊醒）你离开我了么，祖师？——你去了么？

隐士　为什么我要离开你呢？我怕什么呢？怕一个影子么？

华纯提　你听见路上的声音么？

隐士　但我底灵魂里是寂静的。

（一少妇人，几个男子随着）

妇人　去。离开我。别对我说爱情了。

第一个男子　什么，我犯了什么罪呢？

妇人　你们男子底心是石做的。

第一个男子　不足信。倘若我们底心是石做，爱神底箭又怎能伤他呢？

别一个男子　妙极。说得好。

第二个男子　现在，你还有什么话回答呢，亲爱的？

妇人　回答！你们以为说了些很妙的话了，可不是么？那完全是废话。

第一个男子　由你判断罢，先生。我所说的是，倘若我们的心是石做，怎能够——

第三个男子　是的，是的。再没有回答的了。

第一个男子　容我解释给你知道。她不是说我们男子底心是石做的么？不错，我就回答她说，要是我们底心真是石的。爱神底箭怎能伤他呢？你明白么？

第二个男子　我在城里足足卖了二十四年蜜糖了，——你以为我还不懂你所说的么？（他们下）

隐士　你在做什么，我底孩子？

华纯提　我在看你底阔掌，祖师。我底手是一只小鸟，把这里做她底巢。你底手掌是很大的，像载万物的大地一样。这些便是河流，这些是山。（把她底颊放在掌上）

隐士　你底抚摩是温软的，我底女儿，像睡眠底抚摩一样。我看这抚摩有些好像属于那伟大的黑暗，那用"永恒底枝"来抚摩我们底灵魂的。——但是，孩子，你是白天底飞蛾呵。你自有你底花鸟和田畴——于我，一个中心点在"一"而圆周在"无处"的人。能够得些什么呢？

华纯提　我不要什么了。只你底爱就够了。

隐士　这女子竟想我爱她，——愚蠢的心呵！她快乐在这念头里了。就让她抚育这念头罢。因为他们都是在幻影里长大的，他们也必定要有幻影来慰藉他们。

华纯提　祖师，这攀延在青草上的藤蔓寻求些树木来缠绕，它自己就是我底藤蔓。自从它初苗两片小叶于空气里，像一个婴儿底啼哭一样的时候，我就爱护它灌溉它了。这条藤蔓就是我，——它在路边生长，它是很容易受摧折的。你可看见这些美丽的小花，蓝灰而心中有白点的么？——这些白点就是它们底梦了。让我用这些小花轻轻地拂着你底前额罢。对于我，美丽的东西，就是我所未曾见过或不知道的一切钥匙了。

隐士　不，不，美丽只不过是幻象罢了。对于真知的人，尘和花都是一样的。——但是这究竟是怎样的倦怠，潜入我底血液里，并且把一张薄薄的红色的雾帷障住我底眼帘呢？是自然她自己把她底梦儿织在我四周，蒙蔽我底感觉么？（蓦地把藤蔓撕断，站起来）。别再这样了；因为这是死亡呵。你和我玩的是什么把戏呢，小女子？我是一个隐士，我已经斩断了一切盘根错节了，我是自由的。——不，不，不要那些眼泪呵。我不能忍受它们的。——但这蛇，这愤怒，带着锐牙从它底幽隐处咝咝而出，究竟藏在我心底哪处呢？不，它们是不会死的，——他们虽饿犹生，这些地狱底群生，当它们底女主人，那神通的女巫，吹起她底幻箫的时候，便互击它们底骸骨发出声响，在我底心里跳舞了。——不要哭，我底孩子，来我身边。你之于我，正像一个失了的世界底呼吁，一颗流浪的星儿底歌一样。你把一些东西带到我心里，那是无限地比这自然伟大，比太阳和星伟大的。它底伟大好像黑暗一般，我不能了解它，我以前也未曾知道它，所以我怕它了。我必定要离开你了。——回到你所从来的地方罢，你"不可知"底使者呵！

　　华纯提　不要离开我，祖师，——你以外，我再没有别的了。

　　隐士　我必定要去了。我以为我已经知道，——现在却还未知道。但我终要知道的。我离开你，以便知道你是谁。

　　华纯提　祖师，要是你离开我，我必定死。

　　隐士　放开我底手。不要触着我。我是必定要自由的。
（他走了）

第三场

（隐士出出现了，坐在山径里的一块大圆石上。一个牧童唱着而过）：

歌：

不要把你脸儿转向别处，吾爱呵，

阳春已袒露它底胸儿了。

花在黑暗里呼吸着她们底秘密。

林叶底萧萧从天空透过来，

如同黑夜底深深叹息。

来吧，爱人，把你底脸儿露给我见吧。

隐士　黄昏底金正融在碧海底心里。山边底树林也饮着白天最后的光杯。从左边的密林里，隐约地看见村舍已燃着点点黄昏底灯光，像一个蒙着面纱的母亲看守着她底睡孩一样。自然呵！你是我底奴隶了。你把你五彩的地毡铺在这广漠的厅里，我独自坐在这儿。像一个国王一般，看你挂起那在你胸前闪烁着的繁星底颈珠舞蹈着。

（几个牧羊女歌唱而过）

牧羊女之歌

音乐从昏暗的河透过来呼召我。

我正住在家里怪快乐的。

但是箫声从渊默的夜气里吹起来，

一阵酸痛便刺进我心里了。

呵，你们谁知道的，告诉我那条路罢，——

　　告诉我那条到他那里去的路。

我要把我这朵小花带去给他，

　　留在他脚下，并且告诉他，

　　说他的音乐和我底爱是合一的。（她们去了）

　　隐士　我想这样的黄昏，在我一生里，以前只遇过一次罢了。那时它底杯儿正洋溢着爱与音乐，我偕着一个人坐着，她底遗容就在这颗正欲沉没的黄昏星儿里了。——但是我那小小的女郎，泪眼盈盈，昏沉而抑郁的，哪儿去了呢？她仍坐在她底茅舍外，从这黄昏底无边寂寞里，注视着这颗同样的星么？然而星儿终要没，黄昏终要在夜里闭上她底眼，泪儿终要干，而呜咽终要沉寂在酣睡里。不。我决不回去了。让世间底梦自取它们底形状罢。我可不要再去扰乱它底途程，而创造新幻象了。我必定会看见，而沉思，而明白的。

　　（一个褴褛的女子入）

　　女子　你是在那边么，父亲？①

　　隐士　来，孩子，坐近我。我很想得到你这呼唤。有一次，有一个曾经叫我"祖师"的，她底声音和你相仿佛。现

───────────

①　**父亲**　篇内"父亲"与"祖师"在英文里都是一个字。

在祖师回答了。——但是那呼唤又哪里去了呢？

女子　你是谁？

隐士　我是一个隐士。告诉我，孩子，你父亲是做什么的？

女子　他是在树林里拾树枝的。

隐士　你有母亲么？

女子　没有。我很小她就死了。

隐士　你爱你父亲么？

女子　我爱他比世界上什么都爱。他而外，我再没有第二个了。

隐士　我明白你了。把你底小手给我罢，——我要把它握在我底手掌里——在我这大掌里。

女子　隐士，你会看掌么？你可以看我底掌便知道我底现在和将来么？

隐士　我以为我可以，不过不十分明了它底意义罢了。但终有一天会知道的。

女子　现在我要去会我父亲了。

隐士　在哪儿？

女子　在那到深林的路。倘若他不看见我在那里，他就要亡失我了。

隐士　把你底头移近我，孩子，在你未去以前，容我给你我底祝福的吻。（女子去了）

（一个母亲偕两个小孩入）

母亲　米斯离底儿童是怎样的强健。他们才是可以给人看的东西呢。但我越养你们，你们却一天瘦似一天。

第一个女　但是你为什么总这样责骂我们呢？我们有什么办法呢？

母亲　我岂不叫你们多休息么？可是你们总时时四周地奔跑。

第二个女　但是，母亲，我们是为你底命令而奔跑呢。

母亲　你怎敢这样回答我。

隐士　你们往哪里，女儿？

母亲　我底敬礼，祖师。我们回家去。

隐士　你们一家几口呢？

母亲　我婆婆，我丈夫，除去这两个小孩外，还有两个儿童。

隐士　你们怎样度日呢？

母亲　我实在不十分知道我们底日子怎样过去。我底男人到田里去，我在家里守屋。挨晚的时候，我就和我底大女儿坐着纺纱。（对两女）去和隐士见礼。祝福她们，祖师。（他们去了）

（两个人入）

第一个人　朋友，就在这儿回去罢。不要再来了。

第二个人　是的，我知道。朋友在这地球上相会是由于机缘的。机缘把我们带在一起，到了路上某一段，于是我们别离底时候就到了。

第二个朋友　让我们把我们离别后再会的希望一并带去罢。

第一个朋友　我们底聚散是属于世界的一切运动的。星儿决不特别注意我们。

第二个朋友　让我们向那些把我们合在一起的星儿敬礼罢。虽然时期是很短的，却已经很多了。

第一个朋友　在我未去以前，你我试回头望一望。你看见那黑暗处水底微光和沙堤上的茄素鸦林纳树么？我们底村里。都成了一堆黑影了。你只可以看见那些灯光罢了。你能否猜出哪一点光是我们底呢？

第二个朋友　是的，我以为我可以。第一个朋友　这光就是我们过去的日子，对于他们临去的客人最后的辞别底一顾了。再去远一点，就只剩一堆黑暗了。（他们去。）

隐士　夜是黑暗而且荒凉。它坐着像一个弃妇一般，——那些星儿就是她底泪珠变为火的了。我底孩子呵，你那稚小的心底悲哀，已经永远地夜夜把它底凄楚充满了我底生命了。你那亲切的抚爱的手已经留下它底抚摩在这夜气里了，——我感觉它在我额上，——它已经给你底泪珠所润湿了。呵，我心爱的人儿哟，当我逃去时，你那追逐我的呜咽，已经紧紧系住我底心头了。我要担负它们直到我底死亡。

第四场

　　隐士（在村路上）让我隐士底誓约取消了罢。我把我底杖和钵都打碎了。这坚固的船，这正在渡过时间之海的世界，——让它再接纳我，容我再加入这旅程罢。呵，愚蠢的，竟想孤零零地游泳以得平安；舍弃星日之光，而以流萤底灯照他底路程！鸟在天空大空飞着，不是要飞进那虚无里，却是要飞回这大地的。——我是自由的。我是没有那"非"底无形锁链的束缚的。我是自由在事物，形体与意志中的。有限就是真的无限，而爱认识它底真理。我底女郎呵，你是现有一切底精灵，——我是永不能离开你的。（一个村长入）你知道，兄弟，洛夏底女儿在哪里么？

　　村长　她已经离开她底村乡了，我们是非常欢喜的。

　　隐士　她往哪里去了吧？

　　村长　你问哪里吗？无论她到哪里去，对于她都是一样的。（下）

　　隐士　我亲爱的人儿已经往那"无处"底空虚里，去寻觅一所"某处"了。她必定会找着我的。

　　（一群乡人入）

　　第一个人　我们底王太子今晚就要结婚了。

第二个人　你可以告诉我几点钟是行婚礼的时间吗？

第三个人　行婚礼的时间只和新人有关罢了。与我们何涉？

一个妇人　但是他们在这喜庆的日子，岂不是要把饼赏给我们吗？

第一个人　饼？你也太蠢了。我底叔父住在城里，——我听他说我们会得到乳皮和炒米呢。

第二个人　好宽大啊。

第四个人　但是我们会得到水多过乳皮呢。这是你们可以预先决定的。

第一个人　莫梯，你真是一个傻子。太子底结婚日，也有水混在乳皮里！

第四个人　但是我们又不是太子，宾差。对于我们这些贫苦人，就是乳皮也会大部分变成水的。

第一个人　看那儿。烧灰的儿子还在辛勤地作工呢。我们必不许这样做。

第二个人　倘若他不出来，我们要把他烧成灰才得。

隐士　你们谁知道洛夏底女儿在哪里呢？

妇人　她已经到别处去了。

隐士　哪里呢？

妇人　那我们可不得而知了。

第一个人　但我们可以决定她断不是我们太子底新娘。

（他们笑着去了）

（一个妇人偕一个小孩入）

妇人　接纳我底鞠躬，祖师。容我底小孩把他底头触你底脚。他是有病的。祝福他，祖师。

隐士　但是，女儿，我现在不是隐士了。别再用你底敬礼来嘲笑我罢。

妇人　那么你是谁？你在做些什么？

隐士　我在寻找着。

妇人　找谁呢？

隐士　找回我失了的世界。——你知道洛夏底女儿么？她在哪儿呢？

妇人　洛夏底女儿么？她死了。

隐士　不，她是不能死的。不，不。

妇人　但是她底死于你有什么呢，隐士？

隐士　不止对于我；简直是对于一切的死亡。

妇人　我不明白你。

隐士　她是永不能死的。

一九二三，七，二一译

散　篇

〔瑞士〕亚美尔

Henri-Frédéric Amiel（1821—1881）

日记摘译

　　每个蓓蕾只开一次花，每朵花只有它的刹那顷的完全的美；这样，在灵魂的园里，每个情绪也只有它的芳菲的片刻，它的炫熳璀璨的刹那顷。

　　每颗星每夜只有一次经过我们头上的子午线，而在那儿作一瞬的闪耀；这样，在智慧的太空里，每个思想，我可以说，也只有它的霎时的最高点，在那儿它辉煌昭伟地燃照。

　　美术家、诗人或哲士，不要放过你的意境和情绪于那微妙而悠忽之顷，以凝定而永生之，因为那正是它们登峰造极的时候。前乎此，你只有它们的纷乱的粗形，或模糊的预感；后乎此，你也将只有它们的微弱的忆念，或无力的懊悔；那一刻才是那理想的刹那呵！

宗岱译自 *Journal Intime：Henri-Frédéric Amiel*
初刊一九二五年六月《小说月报》十六卷六号

（法国）巴士卡尔
Blaise Pascal（1623—1662）

随想录

　　巴士卡尔（Blaise Pascal）是人类文化史上有数的最伟大的人物，而且，在一般人的眼光里，无疑是一个不可解的谜。他是一个伟大的科学家，也是一个深沉的神秘家；他有极清明极健全的机智，也有极敏锐的，近于病态的想象与感觉。

　　他于一六二三年生于法国底克莱蒙菲朗（Clermont-Ferrand），自幼便对数学显出极浓厚的兴趣。他父亲，自己也是当时负盛名的数学家，因为看他身体过于羸弱，直到十二岁还极力避免他和数学接触，不独禁止他看数学书，并且在他面前绝口不谈数学。可是有一天，逼他父亲解释什么是数学之后，他竟自出心裁，立了许多定义和假设，找出欧克力德（Euclide）几何底三十二命题和它们底答案了。十六岁他写了一篇关于圆锥曲线（Sections coniques）的论文，使大哲学家笛卡尔惊赞不已。十八岁发明一种计算机。廿四岁他全家都做了那主张"原始的犯罪"和"靠天恩得救"的冉圣尼派（Jansenisme）底信徒。但是他仍继续他底科学研究。气压律、液体均衡律、算术三角形、公算法、水压机、转迹线原理等，便是这几年间发明或发现的。直到三十一岁那年，他在巴黎附近一道桥上堕车，几至丧命，竟奇迹似地得幸生还，才决定弃绝尘世，进冉圣尼派底修道院（Port Royal）刻苦修行，一方面更孜孜不倦地为卫道著述。他底健康自十八岁起便因为用脑过度而损坏，进修道院后的苦行与力作更使他底病体沉重下去。于是，经过了长期的不断的剧痛后，他终于一六六二年在巴黎逝世了。

一个这么富于创造力的科学天才骤然皈依宗教，诚然是科学界一大损失；但文学史却因此增加两部不朽的杰作：《教长书简》（*Lettres Provinciales*）和《随想录》（*Les Pensées*）。《教长书简》是法国论辩文学中第一部杰作。当时冉圣尼派被那在政府上最得势的耶稣会（Jésuitisme）证为异端。巴士卡尔于是假托一个教长底名义，先后发表了十八封通信，一方面为自己的冉圣尼派辩护，一方面对耶稣会底理论和行事作猛烈的攻击。那热烈的辩证法，雄辩的讽刺和优美的文笔使这部书简超过了那产生它的偶然的场合，而达到一个绝对的普遍的价值，使我们现代的局外人读起来犹觉得一样兴奋，而且在好些方面得到极高度的教训。

但是那真正的代表作，那和"巴士卡尔"这名字在读者底心里和口上像声之与响般不能分离的，却是那在他死后别人替他编订的《随想录》。巴氏晚年，曾专心要写一篇《基督教底辩护》(*Apologie de la Religion Chrétienne*)，为一般无神论者说法：从无神论者底立场说到自然宗教，从自然宗教说到基督教。但不幸——或者可以说幸而——他那短促的生命不许他完成底志愿，只留给我们许多思想底断片。我说"幸而"，因为如果这篇文章写成功，它那狭隘的结论会把它底兴趣、力量和范围缩小了，决不能如现在这般使我们百读不厌，使我们不断地沉思，默想和反省。

这些零碎的思想何以有这么大的力量呢？那是因为巴士卡尔以他底科学天才底精锐与准确，来发掘事物或现象底最内在的玄机，或跟踪它们那辉映于变幻无穷的自然界里的行为，直至思想底尽头。他那时而阴郁，时而兴奋，时而给信仰所燃烧或给希望所透射，又往往给它们一种抒情的、火热的、颤栗的表现。所以他底视线所及，无论是对人类景况底探究，对自然现象底观察，对思想本体底认识，甚或修辞集上的枝节问题，无不在我们眼前开辟无穷的境界，像摩西底杖般启发我们思想底源泉。

　　《随想录》既然是后人所编订，它底版本和排列次序自然很分歧。最先是冉圣尼派修道院底选本，在他死后不久出版，不用说是经过删改的。以后差不多一世纪之久，虽然先后有许多不同的版本出现，大部仍然以这本作根据。直到十九世纪初叶，哲学家古善（Victor Cousin）发现当时流行各版本和原稿相差太远，唤起大众底注意，大家才想到将这些断想底全部努力按照巴士卡尔写《基督教底辩护》原来的次序印出来。这努力一部分可以说是白费的，因为不独原稿纷乱万状，难以找出一贯的系统，其中还夹杂许多题外的思想和杂感。比较的善本，要推一八八〇年巴士卡尔学者赫威（Ernest Havet），尤其是最近巴黎大学哲学教授彭树微克（Léon Brunschvicg）底两个编订本。现在就是根据后一本翻译的，注释则间或参证前者。

　　说到注释，《随想录》实在给予我们两重的困难。这些片断的，有时简直是片言只字的思想，如果不把它们底前因后果弄清楚，对于陌生的读者会完全失掉意义；注释呢，又难免以个人主观的见解限制原文底丰富的暗示力，虽然注中许多场合完全是客观的。所以译者得先在这里声明：这里面的注释，如果有注释的地方，只是他读这书时在书页边随时写下的感想，而参照上述两个编订本底原注作成的。高明的读者，尽可以从这上面得到许多新的启示。

　　原书很多。这里只先发表那比较容易发生兴趣的部分。

　　　　　　　　　廿四年九月三十日译者附识于北平

　　　　　＊　　　　＊　　　　＊　　　　＊

　　几何学的头脑和精微的头脑底差异。——在于一个，原理是可捉摸的，但和日常的习惯远隔；所以我们很难把头转向这方面，因为不习惯的缘故；但是我们只要稍微转向这边，便把这些原理全看清楚；除非我们底头脑是个整个谬误的才会把这些粗到几乎不能遗漏的原理推论错了。

　　但是在精微的脑里，原理是在日常习惯里和大家底眼前的；我们用不着转头来或勉强自己，而只是要有好眼，但眼色得要好，因为那些原理是这么精微和繁复，要不遗漏是几乎不可能的事；而省了一个原理流失错误；所以，我们得有极清明的眼色去看见所有的原理，然后更有准确的头脑以免对那些已知的原理作谬误的推论。

　　因此所有几何学的头脑就会成为精微的，如果他们有好眼色，因为他们不会对他们认识的原理作谬误的推论；而那些精微的头脑会成为几何学的，如果他们能够让他们底视线屈就那些几何学底不习惯的原理。

　　许多精微的头脑所以不是几何学家，那是因为他们完全不能转向几何学底原理；但是许多几何学所以不精微，那是因为他们看不见眼前的事物，而且既然习于几何学底清楚粗糙的原理，又习于把他们底原理看清和操纵熟之后才推论，他们于是迷失在精微的事物里，因为它们底原理不任他们这样操纵。我们几乎看见它们，我们感到它们其实多于看见；想要那些自己不感到的人感到它们实在非常困难；那是些那么微妙的事物，又这么繁复，我们得有一个极微妙的意识来感受它们，按照这感觉去正确地判断它们，但往往不能像在几何学般循序把它们表证出来，因为我们并不是这样地占有它们底原理，而企图这样做会是一件无穷尽的事。我们需要一眼就把全事看透，而不是由推论底逐渐演进，至少到某一程度是这样。所以几何学家具有精微的头脑，精致的头脑兼几何学家是很稀有的事，为的是几何学家们要从几何学底观点处理这些精微的事物，先从定义再从原理着手，以致闹出许多笑话，对于这种推论进行底方式不是这样的。这并非心灵不这样做；但它做时不声不响，自然而然并且没有规律，因为它底表理超过所有的人，而它底感觉只少数人能有。

　　反之，那些精微的头脑，既然习惯了一望便下判断，他们觉得那么惊异——当人们对他们提出一些莫明其妙的命题，而且要进那里去他们得经过许多定义和原理，那么枯燥，他们并不惯去细细体认——他们竟灰心和厌恶起来。

但是那些谬误的头脑永远不是精微的或几何学的。

然则那些单是几何学家的几何学家有正确的头脑，但你得要用定义和原理把所有的事物解释清楚——否则他们就谬误而且不可忍受，因为他们只对于一些解释得很透彻的原理才正确。

而那些单是精微的"精微的头脑"不能有耐心去跟踪那些他们从未看见过和完全离开习惯的纯理论和想象的事物直至它们最初的原理。

（注）巴士卡尔在这断片里区别和分析人类心灵底两种基本倾向，或两种头脑：一种是逻辑的，几何学家便是其中最完的典型，对于他们一切都应该是清明的，一切都可以依照一个严密的次序演绎出来；一种是直觉的，一任他们底机敏，他们底趣味，和他们底引导。这区别无疑地是基本的，只要我们不执着，以为这两向是各自属于两个人，两种属性，甚或——简单得可笑的见解——属于两个民族或两个地域的。我们任何人都同具这两种倾向，不过有强弱隐显之分罢了。而在精神活动底最高表理里，它们不独发展到同样的高度，并且要融成一体。宋许尹在他底《黄（山谷）陈（后山）诗集序》里曾经说过："论画者可以形似，而捧心者难言；闻弦者可以数知，而至音难

说。天下之理，涉于形名度数者可传也；其出于形名度数之表者，不可得而传也。"科学底适当境域，固然在那可传可循的形名度数或定义原则里，但是要有发明或创见，亦必定要有能够抓住那"它底表现超过所有的人，而它底感觉只少数人能有"的直觉。反之，文艺底极峰虽然常常如羚羊挂角，无迹可寻，但也得要循着它底形名度数底途径——只有最善于依循途径的才能够把他底足印泯灭。姜白石说得好："文以文而工，不以文而妙。然舍文无妙。"

*　　　*　　　*　　　*

那些习惯用情感来判断的人丝毫不了解推论底事物，因为他们首先要一眼看破，而不习于寻求原则。反之，那习惯用原则来推论的，丝毫不了解情感底事物，因为只在那上面寻求原则不能一眼看见。

（注）这片断只是前一段底余波。不过有一点我们要认清楚的，就是巴士卡尔之所谓情感，并非一种非理性的官能，而是笛卡尔称为直觉的抓住物底统一与完整的直接视力。"一眼看破"这话便足以证明。

＊　　　　＊　　　　＊　　　　＊

几何学，精微。——真正的雄辩看不起雄辩，真正的道德看不起道德；就是说，判断力底道德看不起理性底道德，——前者是没有规律的。

因为判断力是情感所属，正如科学属于理性一样。精微是判断力底事，几何学理性底事。

看不起哲学，那才真是哲学。

（注）蒙田："一个古人人家责备他以哲学为职业，因为他对于哲学并不重视，答道：这样才是真正的哲学。"——直觉或"判断力"与推论或"理性"底对立在这断片里愈益明显；判断力变成了生命与真理的情感，推论却滞留在"人工的"和"抽象的"里头。在雄辩上亚里士多德修辞学以外还有别的东西，在道德上苦行学派底僻论还有别的东西，在哲学上经院派底三段论式或笛卡尔定理以外还有别的东西；这别的东西就是一个对于现实的深沉而且复杂的直觉。

＊　　　　＊　　　　＊　　　　＊

那些没有标准去判断一件作品的人比起其他的人正如那

些没有时表的对于其他的人一样。一个说：有两小时了；另一个说：只有三刻钟。我看看表，我对一个说：你觉得无聊啦；对另一个说：时间于你并不拖久呀；因为刚好有一小时半。——我也不去理会那些说我觉得时间走得太慢和根据幻想来判断的人：他们并不知道我按照我底时表判断呢。

（注）这时表象征那应该用来判断心灵底作品的标准；不过巴士卡尔在别处承认理性并不能供给我们一个这样的标准，我们得要回到情感那里，而情感自身又是无标准的。而且，事实上，时表只量度一个与我们无涉的理想时间罢了；"绵延"（durée）才是理实，无聊便觉得长久，快乐便觉得短呢。

＊　　　　＊　　　　＊　　　　＊

一个人越有思想，发现有个性的人越多；一般俗人是分辨不出人与人之间的差异的。

（注）这思想含义最富。光是应用到文艺一方面，便说中了欣赏与批评一个平凡的，但是无论如何都说不够的基本原则。我从前曾经说过（见商务版《诗与真》七〇页）：

　　真正的文艺欣赏原是作者与读者心灵间的默契，而文艺的微妙全在于说不出所以然的弦外之音。所以我们对于作品的感应，有情感上受了潜化而理智上还莫名其妙或不自觉的，有理智上经过别人指点得清清楚楚而情感上还是格格不相入的。巴士加尔说得好："一个人越有思想，发现思想新颖的人越多；普通一般人是分辨不出人与人之间的差异的。"所以在读者底内心生活未能追踪，我并不说抗衡，作品所表现的以前，任你如何苦口婆心去说法也枉然，正如苏东坡《日喻》里的眇者，喻盘喻烛，徒足以增加他底迷惘而已。

　　不幸一般读者，尤其是那些以批评家或鉴赏家自命的人，对着当前的作品，很少不取居高临下的态度，视自己为百无一失的尺度；甚或吹毛求疵，以表自己的高不可攀。殊不知心存挑剔，已经截断那为一般理解与欣赏的基础的物我之间的同情之流；何况作者底命意与艺术，往往超过我们自己的素养与理解力呢！

　　从积极方面说：一个人底修深，愈容易从别人那里，无论他本身怎么平凡，得到丰富的启示。"三人行，必有我师焉"，正是深于道德与学术修养的孔老夫子底衷心自白。因为，正如巴士卡尔在他底《论说术》（*L'Art de Persuader*）一文里说的，"某人说了一句话，但自己不知道它底妙处，另一人却从那里听出连篇奇妙的推论来……"

当我们要责备得有用处，对别人指出他底错误，我们得要观察他从哪一方面看这件事，因为从那方面看它通常是真的，对他承认这真理，然后把它所以错的一方面指给他看。他便觉得满意，因为他知道他并不错误，不过没有看到各方面罢了；而人见不尽不切是不会生气的，但不甘心做错；这或者由于人自然不能见尽一切，并且自然不能在他所审视的那方面做错；比方官能底体会永远是真的。

以上初刊一九三五年十月六日天津《大公报》文艺副刊

　　*　　　　*　　　　*　　　　*

我们为自己所找到的理由大抵比为别人所想出的理由更有说服力。

　　*　　　　*　　　　*　　　　*

当一篇文章很自然描写一种热情或一个印象的时候，我们在自己里面发现我们所听到的事物底真理，那是我们此前所不曾发觉的，于是我们便对那令我们感到它的人油然生爱

慕之心；因为他显示给我们的并不是他自己的财宝，而是我
们底；因而这恩惠令我们觉得他可爱，不独我们和他同具的
共通机智必然地使我们底心倾向爱他。

＊　　　　＊　　　　＊　　　　＊

　　别说我没有说什么新的东西，材料底布置是新的，打网
球的时候，两人所击的同是一个球，不过一个安放得好些。
　　我宁愿你们说我用旧字。仿佛同样的思想不因不同的组
织而成为另一篇文章，和同样的字因排列不同而成为别的思
想似的！

　　（注）这断片不仅是巴士卡尔对于他抄袭蒙田底文
章的辩解（我们都知道，蒙田底《论文集》几乎等于
巴氏底《世间的圣经》，他在这《随想录》里描写人性
的时候，不独大部分采用蒙田底思想，还常常蹈袭他
底字句），并且根本解决了文艺创作上极纠纷的剽窃
问题。
　　"太阳底下无新事"，想在作品中有十全的独创是
不可能的。几个最伟大的作家如莎士比亚和莫里哀等，
他们底作品中许多至理名言往往采自蒙田底《论文
集》——近代欧洲文学底一个大宝殿——这已不是少数

专门学者秘密；就是蒙田自己也很坦白地承认，"如果要用刀把他假借别人的地方统统削去，全部书恐怕都要被抹掉。"然则他们何以能保持他们至高的地位呢？一般剽窃者和他们底分界何在呢？巴士卡尔这思想给我们一个直截了当的彻底答复：看你善于安排或运用与否。我在上面引述的《论说术》里的一段话很可以作注解："我要问那些公正的人，究竟这原理：'物质天然是绝对不能思想的'，和这个：'我思，故我在'，在笛卡尔底心灵里和在那一千二百年前已经说过同样的话的圣何渠斯丁底心灵里是否一样……某人说了一句话，自己不知道它底妙处，另一个却听出连篇奇妙的推论来，因而令我们大胆断定已经不是同一句话，而且他无负于那说这话的人，正如一棵繁茂的树并不属于那无意中把种子撒在沃土上的人一样。同一的思想在另一个人里面生长得和在原著者里完全不同：在原来的田里是枯瘠的，移植后却茂盛起来。"

其实巴士卡尔这想法也不是完全新颖的，和他底许多思想一样，我们已经在蒙田底论文里找出它底根苗了："别注意我底取材，但注意我给它们的形式：看我在借来的东西里会不会选择那可以增益我底本意的方法；因为我借用别人底话并非用来领导我，而是跟随我……"

差不多在巴士卡尔一世纪后，歌德为他底《浮士德》辩护也肯定地说："这里面所有的，都是我底。从生活或从书本取来并无甚关系。对于我只有一件事：善用它们。"

我们或者可以进一步说：伟大天才底一个特征就是他们底借贷能力。这世界大市场底一切——无论天然的或人为的——我们都可以自由借用。不过有一个条件：我们得像《圣经》里那善而忠的仆人般获两倍或三倍的利息。至于那些愚拙或懒惰的，则无能力用自己的金钱来偿还他所负的债，自然无权向别人借贷了。

* * * *

字因排列不同而具不同的意义；意义因排列不同而具不同的效力。

* * * *

那些强迫字去做排偶的人和那些为匀称而设假窗的人相同；他们底规律并非要说得正确，而是要构造些正确的格式。

　　（注）这断片骤看来似乎只涉及修辞学上的排偶问题，其实更道破了思想界一个大谬误底根源。由于精神上的懒惰或透视力底薄弱，我们心灵对于研究底对象往往不肯，或不能，深入问题底核心，作精深缜密的探讨，而以一些醒目的空洞的对照公式矜矜自喜；用简单的概念替代复杂的内容，或拈一二轻微的现象来说明空泛的概念。最显著切近的例便是那最时髦的东西文化问题。所谓"精神文明与物质文明"，所谓"汽车文明与人力车文明"，还有什么"本位文化"和"全盘西化"……都是些显然动听不过的公式，但不幸同时都不免陷于巴士卡尔所谓"为匀称而设假窗"的谬误。因为"东西"只是两个为着地理上称谓方便而设的简单的名词，"文化"却代表无数的个人用以应付环境，不，超越环境的刻刻变化的多方面的心灵努力底总和。用两个空洞固定的名词来概括无数流动复杂的精神活动，认地域上的对照为生活其中的民族性底对照：其可笑的程度不超过那把南北两极来代表铄石流金与冰天雪地的人吗？

　　这并非说我们在思想上要摒绝排偶。许多名词或观念底存在理由就完全建设在对照上面：真与假，善与恶，是与非……都是不能单独存在的。就是这些空泛渺茫、不着边际的对照名词，如东与西，精神与物质，唯物与唯心等，有时为了行文或称谓的方便，未尝不可以偶一采用，但我们得首先把它们从它们底凝结的定义解放出来，加以精密的限制或修饰，以增加它们底准确和弹力。

*　　　　*　　　　*　　　　*

当我们看见自然的风格的时候，我们不胜惊讶和喜悦，因为我们只期望看见一个作家，却找着一个人。反之那些趣味高尚的看见一本书便以为找着一个人，却很诧异地去找着一个作家：Plus poetice quam humane locutos es（你以诗人底资格多于以人底资格说话）。这些人可谓是自然底光荣，因为它可说及一切，甚至神学。

（注）蒙田曾经说过："如果我是行家，我会将艺术自然化，正像他们将自然艺术化一样。"巴士卡尔在这断片里发表他对于文学作品评价底标准。对于他，艺术底极致是自然和亲切——自然和亲切到似乎是人与人底密谈，而非读者与作家间的访问。在一意识上，巴士卡尔这思想是极精辟确切的。但是我们不要忘记，还有一种是完全脱离作者而独立的，做到极处，使读者看不见人，也忘了作家，单是作品底自身便可以自

足。荷马底史诗，莎翁底剧本，嚣俄底《历代的故事》，《红楼梦》等都是属于这一种。

以上初刊一九三五年十二月一日天津《大公报》文艺副刊

有某种美底典型是寓于我们底天性（无论强或弱）和那使我们悦意的事物间的某种关系上的。

一切符合这典型的事物都使我们喜悦：如屋宇、歌曲、辞令、诗文、妇女、禽鸟、河流、树木、房子、衣服等。一切不照这典型造成的都使那些趣味高尚的人厌恶。

而且，正如那照这典型构造的一座房子和一首歌之间有一个完整的关系，因为它们都和这唯一的典型相像，虽然各自依照它底种属：同样，在那些依照丑恶的典型造成的事物之间亦有一个完整的关系。这并非由于只有一个丑恶的典型，因为它们多到无限；不过，譬如每首坏的十四行诗，无论是否依照那种谬误的典型作成的，必定和一个依照这典型装饰的女人相仿佛。

想知道一首谬误的十四行诗可笑到什么程度，最好的方法就是先体察它底性质和典型，然后再想象一个符合这典型的女人或一座房子。

（注）从"主"底立场说，我们底自我或人格，无

论表现于哪方面，都有一定的风范和一贯的色彩，所以我们底判断力或趣味，无论应用到哪种事物上，也是一致的。从"客"底立场说，一切事物之间，从最大到最小，从一朵花到一首诗，从一首歌到一片风景，都有一种深沉的密契，所以我们可以在极不类似的事物中找到或表现同一种的美。梵乐希底《建筑家》里有一段美妙的文章很可以帮助我们进一步了解这思想。是梭格拉底底门生斐特儿对他叙述建筑家欧巴林诺士（Eupalinos）和他自己的谈话：

　　——听罢，斐特儿，（他继续说），那座离这里不远的小庙宇，我为赫尔默士（Hermes）神建造的，如果你知道它对于我代表什么东西！——并无什么稀奇：四条圆柱，一个极纯朴的风格，——我却在那上面融化了我生命中一个明媚日子底记忆。啊，温甜的变化！这座玲珑的庙宇，没有一个人知道，是我曾经很幸福地爱过的一个哥林多少女底数学的塑像。它把那少女底体态底特殊比例很忠实地重现出来。它为我活着！它把我赐给它的还我……

　　——所以它具有一种不可言喻的妩媚，（我对他说）。我们在那上面很亲切地感到一个少女底风姿，一个妇人底初开的花朵，一颗迷人的灵魂底和谐。它依稀地唤醒一个不能达到终点的回忆；并且这影像底开端，你占有它底完美的，继续在刺激和颠倒我们底灵魂。你知道如果我完全放任我底思想的话，我要把它比拟一曲复杂箫声的婚礼的喜歌呢……

以上初刊一九三五年十二月八日天津《大公报》文艺副刊

　　我们用来证明其他事物的例，如果我们要证明这例，我们就会又用其他事物为例；因为，我们常常都以为难处在我们所要证明的事物上，于是便觉得例比较清楚和可以帮助我们说明。

　　譬如，当我们要说明一件普通的事物时候，我们就得举出一个实例底特殊规律；但是如果我们要说明一个特殊的实例，我们就得从普通的规律着手。因为，我们总觉得要证明事是难解的，用来作证的事物是清楚的；因为，我们要说明一件事的时候，我们先自充满了一个这样的想象："这事是难解的"，而，反之，"那要作证的事是清楚的"，所以我们便很容易了解它。

　　　　　*　　　　*　　　　*　　　　*

　　当一篇文章里有许多重复的字，而我们试去修改的时候，发觉它们这么恰当，如果改掉必定会把那篇文章弄坏，我们就得保留它们，因为这就是它们不可改的明证；我们也用不着理会妒忌者底挑剔（译者按，这句原文甚晦，译文只是一种猜测而已）。他们是盲的，他们不知道这重复在这处并不是错误；因为并没有普通的规律。

＊　　　＊　　　＊　　　＊

同一的意义随着那表现它的文字而改变。意义从文字取得它们底尊严，而不是把尊严加给文字。得找些例子……

（注）这断片是上面那"字因排列不同而具不同的意义……"一段底反面，可以互相发明。这里已经不是字改变它底意义，而是意义受字底支配。

＊　　　＊　　　＊　　　＊

并非在蒙田里面，而是在我里面，我找着我从那上面看见的一切。

（注）这可以补充我们上面所说的关于剽窃的一段话。巴士卡尔在这里其实也不过应用蒙田自己的意

思而已。蒙田说："真理与理性是大众所共具的，属于那先说出来的人并不多于那引用的人，也不是根据柏拉图多于根据我自己，既然他和我一样地看见和了解它。"

＊　　　　＊　　　　＊　　　　＊

两无限，中庸。——我们读得太快或太慢，都不能领略什么。

以上初刊一九三五年五月十七日天津《大公报》文艺副刊

（法国）瓦莱里

Paul Valéry（1871—1945）

歌德论

有几个人使我们想象——或憧憬——这世界，而尤其是欧洲会变成的情形，如果政治底势力和智慧底势力能够互相交感，——或者，至少维持一种比较固定的关系。现实会使观念更明慧；精神，或许，会把行为高贵化；而我们在人们底文化和他们底行为之间也不会找到那使目击的人都愕然的离奇而且可憎的对照。但这两种势力也许是不能通约的伟大；而且无疑地，事势上要如此。

我所说及的这几个人，有些出现于十七、十八世纪。别的曾经产生了文艺复兴底热忱与光华。那最后几个呢，生于十八世纪，已经和那植根于"美"底神话与"智"底神话——二者都是古希腊底创造及产物——上的文化底最后希望共同熄灭了。

歌德就是其中之一。我接着说他以后我再看不见别的。在他以后，我们所找到的境遇是愈来愈不适于这种个人底稀有而且普遍的伟大了。

所以这百周纪念也许有一种特殊的意义，而且说不定能够划一时代，因为这世界底变化所带来的不安与活动——在无数它们所摇动的事物和它们所要重新估定的价值当中——正在从各方面挫折或威胁智慧底固有生命，和那些纯粹属于个人的价值呢。

可是怎么能够不迷失在这灵幻的歌德底千变万化中呢？

我发觉他似乎正赋有他在他底精深的生物研究中所发现的一切生物底特性到最高度。

再没有比那些生物适应环境和随着境遇而变化形态的能力更能引他注意的了。

我觉得我们要在他身上找出一种这样的天才。就是凭了这天才他能够那么层出不穷，那么切合，那么从容优雅，有时并且那么强劲——去反抗那煽动他的许多印象、愿望和读物；反抗他自己行为底结果，有时甚至反抗他所施于别人的诱惑底结果。

而且这善变的天才也基本上是属于诗的，既然它支配譬喻和意象底形成——诗人藉以享有丰富的表现方法的——不亚于戏剧上的人物和布局底创造。不过无论在诗人或在植物身上，同是一个自然法则：一切生物都有一种适应环境的能力，就是说，一种具有种种生存方式而仍不失其为自己的能力。

歌德，诗人兼普露谛① (Protée)，用一个生命去过无数

---

① **普露谛**　海神，能预言吉凶。因不愿发言，常随意变化形体以避人诘问。现在常用来指一切善变的人。

生命底生活。他吸收一切，把它们化作他本质。他甚至改变他所植根和繁荣的环境。魏默^①（Weimar）因他而受崇敬同时又致敬于他。他在那里找着了一片沃土来发展自己，同时又把它发扬光大。还有比这片小小的农场更宜于生长和抽发那么多的枝条以致全宇宙都可以看见的么？在那里，他是朝臣，被信任的宰相，守时的官吏和诗人，藏家和自然科学者，——同时还有那颇劳碌的闲暇带着热忱和兴奋去指导演剧，一边更守候着他所研究的稀有的植物底萌芽，说不定更孵着几个蚕蛹底开放。可是在那里他也可以安闲地观察，像在时表底玻璃片下，一个政治和外交的生活缩影；而且，从容周旋于各种礼法仪节之间，他呼吸着一种温和的自由空气，他许是享受欧洲底完美的最后一个人了。

可是单集了这许多优点还不够。太受惠于事物的时候，这恩惠于我们也有危险。被温旖所侵蚀的生命是内部被威胁的生命。如果心受重伤，普露谛便失掉他底法宝。所以他得防备他底心；他得保存他底唯一珍宝，在种种他所能乔扮的外形下。如果神^②能够随自己欢喜化身为水牛，为天鹅或为金雨，他可别要永远被缚在那里，陷溺于他用来诱惑的任何

---

① **魏默**　名，是德国旧萨克士魏默大公国底首都。歌德极为该公爵所倚重，任职由朝臣以至宰相，后半生几乎不离该地一步。

② **神**　即宙士（Jupiter 或 Zeus），尝化身为水牛，为天鹅……以求爱于各女神。绝世美人海伦即宙士化身为天鹅与丽达相爱所生。

一个化身内——而，一句话说罢，永远变成兽。

　　但是歌德从不曾上过当，他底善变的天才，他藉以混入那每一刻或每个思想献给他的种种组合里的，必然地伴着一种摆脱与逃避的天才。他刚感到一种依恋底延续超过那忘了时日的神圣期间，立刻便感到烦燥底全力侵入他底整体：没有温情，习惯，或利益能够羁绊他多过的必需的时期。再没有比他更给自由底本能支配着的了。他穿过了生命，种种的热情，和境遇，从不曾承认有抵得过他自己整个存在的东西。我知道很清楚他所带走的是什么，当他仿佛受了他底幽灵 ①（Dämon）拐走似地奔逃的时候。他从那最芳菲的时辰夺走一个无价的珍宝。他逃时保留了一个贮藏着一切可能性的宝箱，整个未来的奇遇与隐秘的思想底精微的宝库。他突然从别人手里夺走了将来，他底热烈的将来。我们里面可有比这更生动更迫切的么？我们底自利主义其实只是对于将来的一种命令和一种无限制的擅有罢了。

　　"要一度为限"这强烈的感情支配着歌德。他要一切，他要认识一切，感受一切，创造一切，所以他对于他现有的一切那么浪费，他浪费他底种种形相和他底层出不穷的产物，但是他很热烈地保持住他下一刻所能变成的；他吝啬着他底明天。生命，说到要处，可不就概括在这不合理的方

---

① **幽灵**　参阅文末注释。——编注

式——将来底保存——里么？

由这，我们很可以解释歌德对于爱情的自由。我们知道他对于心底独立很容易表示一种出奇的宽大。这伟大的抒情诗人是人们中最不疯狂的；这伟大的情人是最不迷惑的人。他底极清明的幽灵命令他爱；但这对于他是：从爱情里提取一切爱情所能献给心灵的，提取一切那个人的愉乐和这愉乐所激起的亲切的情感和精力所能献给理解底机能，献给那要把自己建树起来的超越的愿望，献给那生产，活动，与永生的权力的。所以他为"永恒的女性"牺牲一切女人。

爱情，手段。为理想的爱牺牲一切女人底爱……爱情，毒蛇，你要摹写或描画它就得提防它……邓浑[①]（Don Juan），那身后一无所有的贫乏的心灵算得了什么，比起这更深刻地肉感而又无限地自由的天才，比起这无论勾引或抛弃都似乎不过要从温情底无数经验中榨取那陶醉智慧的唯一无二的纯精的天才。

所以歌德得要有一切。一切，而且还要：得救。因为浮士德该要得救。真的，他不值得得救吗？不得救，而且不能得救的，只有那些无可失，因而无从失的人罢了。

———————

① **邓浑** 是一个出自西班牙极流行于欧洲的民间故事底主角，豪华不羁，毕生以勾引良家妇女以满足他底肉欲为事。西班牙底梯尔索（Tirso de Molina 1571—1648），法国底莫里哀，德国底莫差尔特（Mozart）及英国底摆轮皆曾用为戏剧，音乐或诗底题材。这里所指大概是梯尔索的。因为在梵乐希之前，西班牙代表在他底演词里曾把梯尔索底剧本和《浮士德》作对照，故云。

　　但是对于那赋有种种极难得的相反的才干的人，再没有比他底天性底繁复，他底注意和独立才干之众多，更能证实他本体底永生的命数。他对自己所应该有的观念必然是摆脱了一切的，他仿佛迫不得已地把他底绝对的生存，他底孤寂和深沉的印证底中心安放得那么高，以致他那永远自主的无上的理性——他那不得接受而又想限制住它在这多棱而且不可捉摸的歌德里面所找到的幽灵主义的理性——对自己解释，并且为这非常的生命找出一个普遍的新意义。那觉得自己是一个这么显赫的杰作，觉得自己是一切神奇的事物底主人翁的骄傲，一天天增长起来，把自己化炼和超升到一个这么形而上的程度，竟变成了和那无限的谦虚相等。一棵柏树承认自己是最大的树，绝无骄傲可言：而那神秘的幽灵主义，歌德藉此把他种种态度底功劳或表面过失全诿诸一个自然底法则，对于他大概含有这意义：每个在我们里面，出自我们，而又使我们惊诧的强有力的倾向，好或歹，应该使我们揣测到某个属于宇宙底根源的意旨，既然我们在自己心里找不出什么可以使我们预料和对我们解释这种种假托和率性的冲动。所以歌德底本体，自从他认出了他底热情，他底独立和解放的反应底来源是在一条出于大自然的律法之后，便全心信任它。他把他底全副殷勤，（这就是他底光荣底完美之一种），放在一个对于一切存在的事物，纯粹为了它们底存在，——就是说：纯粹为了它们底形相——的完全服从上面。他抱持着一种对于感官世界的无条件的服从，几乎可以说放任。"我常常都想，"他说，"这世界底天才比我底天才大。"他不想承认在观察的"我"中有什么比我们从那最轻微的"物"里所观察出来的更有意义更重要。一片叶子，对于他，比任何语言都富于意义；差不多在他生命底末日，他还对埃克曼说——"没有什么语言抵得过一幅素描，即使是偶然涂抹出来的。"这诗人竟看不起文字。

可是那救星，那最后的解救，在歌德底思想里，可不就由这对于形相的离奇的首肯——由这古怪的客观底神秘主义赎回来么？一幕我虚构的，或者不如说，自然印在我心灵里的幻景，由一种极容易的对照把这态度很清楚地显现在我眼前。

我想起莎士比亚，他充溢着生命同时可也充溢着绝望。哈孟雷德 [①]（你们记得吗？）手秤着一个脑壳：他带着厌恶呼吸它底空虚，他底心禁不住作起呕来……他带着嫌憎把它抛开了。可是浮士德很冷静地把这不祥的，可以扰乱一切思想的东西拾起来。他很知道徒然沉思不会得什么结果；他知道由我们自己的心灵迷失在这未来的过去——死——里是不合自然底大道的。于是他开始审察，极仔细地寻绎这脑壳。他

---

① **哈孟雷德** *Hamlet*，与 *King Lear*，*Othelo*，*Macbeth* 及 *Troilus & Cressida* 为莎士比亚五大悲剧。这里用该剧底主角来代表莎士比亚，正如文中浮士德和歌德常互相替代一样。

自己把这注意底努力比拟他从前用来辨认那些极古的手写本的努力。

　　审察的结果，从他口里吐露出来的，并不是一场受了空虚所启发的独白。他只说："哺乳动物底头颅是由六条脊椎组成的：三条组成了后部，里面包藏着脑底宝库和分为极微细网形的生命神经底末端。三条组成了前部，这前部是开向它所捕捉，怀抱，和'理解'的外在世界的。"于是他更坚定了，他在自己底本体里由他那对于"认识"所抱持的极端分明而且稀奇的态度证实了自己。

　　他把他整个观察的意志，他整个宏大的想像力底主权用在那对于这感官世界的研究和表现上。像他在第二部《浮士德》里歌咏得那么美妙的"守望者"①（Lynkeus der Türmer），他活在视觉底愉快里，他用眼睛生活，而他那双大眼永不厌倦去吸取形体和颜色。他陶醉着一切反映光明给他的事物。他活着专为观看。

　　那眼可见的东西在他里面和那住在内在生命底浮动，而且不可言喻的世界里的东西对抗得那么强烈，他竟正式宣言他从不曾费心去探讨我们这个意识底境域："我从来不曾为

----

① **守望者**　见《浮士德》第二部第五幕。原歌云：生来为观看，矢志在守望，受命居高阁——宇宙真可乐。我眺望远方，我谛视近景，月亮与星光，小鹿与幽林，纷纭万象中，皆见永恒美。物既畅我衷，我亦悦己意，眼呵你何幸！凡你所瞻视，不论逆与顺，无往而不美！

思想而思想过。"他说。又一次，他说："我觉得一个人在他里面所见到和感到的东西是他底生存中最轻微的部分。那时候他见到的与其是他底所有毋宁是他底所无。"

歌德是形相底伟大的辩护者。我觉得他对于一切事物底表面的兴趣和重视实在含有关系极重大的率直与成见。

他知道我们所感到的无数感觉虽然本身毫无用处，可是总得从这些感觉，无论怎样不重要，由一种毫不破费的好奇心和一种多余的注意，我们才取得我们底科学和艺术。我有时想，对于某些人，像对于他，有种"外在的生命"，它底强烈和深度至少等于我们加给内部的黑暗以及加给那些隐士和宗教家们底秘密发现的强烈和深度。对于生而失明的人，那落在眼膜上的日光底最初的神奇而且痛楚的音调该是怎样的启示呵！慢慢地，向着认识底极界——清楚的形体与身躯——他要感到怎样的一种进步呵！

但是那内在的世界，反之，时时刻刻都有被种种模糊的感觉、回忆、兴奋和潜在的话语扰乱之虞，在那里我们所想观察和把握的对象会改变，几乎可以说毁坏观察底本身。我们刚能想象和粗拟什么是关于思想的思想，而一到了这第二级，一到我们试把我们底意识提高到这第二级的权力，便立刻什么都混乱了……

歌德静观、默察，并且，时而在造形艺术里，时而在自然界里，追求着形体，试去体会那描绘或塑造他所审察的作品或对象的作者底意旨。这个在情感底变幻和诗思底意外的创造里能够显出这许多热情，运用这许多自由的人，很乐意变成一个具有无穷的忍耐性的观察者；他献身于植物学和解剖学底研究，把所得的结果用最简单最准确的文字记下来。

这足以证明那在一般人几乎不能相容的多方面的才能，对于最上乘的心灵却是不可少的要素。

但是歌德对于形体的爱恋并不限于静观的享受；每个活的形体都是一个进化底元素，而某个形体底某部分说不定就是另一形体底变化。歌德很热烈地固执着他从植物和脊椎动物底骨骼里所瞥见的动物变态底观念。他在"形体"下找着了"力"，他把形态上的转变指示出来；他在"果"底不相连续下找出"因"底连续性来。他发现叶子变成瓣、雄蕊和雌蕊；他发现种子和蓓蕾之间有一个深沉的一致。他很详细地描写出"适应"底效力，和几种支配着植物生长的感应性（Tropismes），那刻刻在内在的发展律和境域和偶然的场合之间一再建立起来的各种势力底均衡。他是进化论底一个创立者。

关于植物他这样说："它在一种共通或特殊的原始固定性之上配合一种韧性和一种巧妙的移动性使它可以修改自己以适应地面各种不同的景况。"他试用一个普通的概念去理解一切植物底种类，他深信（他说）"这概念可以更具体化"，——于是这观念就"化为一棵唯一无二的植物，一切其他植物底理想的典型"，显现在他眼前。他非看见不可。

这就是一个植物底原型和进化底概念底非常可惊的配合了。

要在这里看出这伟大的心灵底一个关键或许不是冒昧的事。在一个智慧里一切都是互相联系着的；智慧越宏大，联系也越多：或者不如说，它底广博只是它底高度的联系。因此，这预感，这要在生物中发现和追寻一种"变化底意志"的愿望，说不定就是从他先前和一些半诗半神秘的学说底接触引伸出来的——这些学说在希腊古代极被尊崇，到了十八世纪末许多深于此道者重新发扬起来。那莪尔菲主义[①]（Orphisme）底颇模糊而又极能迷人的观念，那在一切有生气甚或无生气的事物里都想象一种我不知道什么的秘密的生命原则，一种往更高的生命上升的倾向的灵幻观念；那以为现实底一切元素里都有精神在那里鼓动，因而由精神底途径去挥使一切事物或实体（既然它们蕴藏着精神）并不是不可能的事的观念——这观念就是许多同时证实了一种原始推论法底延续和一种根本上是诗或拟人法底创造者的本能的观念之一。

歌德似乎深为这种可以满足他里面那位诗人又鼓励那位

---

① **莪尔菲主义**　莪尔菲（Orphée）是希腊古代最大的音乐家。相传他底歌能驯服野兽，感化木石。所谓莪尔菲主义便是一种假托他底名字的深信宇宙万物皆有灵魂因而可以由精神役使一切的泛神思想。

自然科学家的权力所感动。其实他在植物里看出一种受了灵
感的现象,一种变化底意志不断地"往上登",他说:越来
越活动地使每个形体从另一个形体开放出来,像循着一座理
想的阶梯一样。一直登到那由两性繁殖的活自然底最高点。
总之,他献给我们一个各种对照底很难得又很丰饶的配合。
他是轮流着的古典主义者和浪漫主义者。他是厌恶哲学底主
要方法——自我分析——的哲学家;他是一个不愿或不能使
用实验科学底最有力的工具①的科学家;他也是一个神秘主
义者,然而是一个用全副精神去静观外界的古怪的神秘主义
者。他要建立一个与牛顿和上帝——至少是各宗教所提出的
上帝——都无关系的自然观。他否认创造,因为他在有机体
底进化里看出一个反驳创造的颠扑不破的理论。在另一方面
呢,他又拒绝单靠物理化学底力去解释生命。

　　他底思想,在这上面,和我们底并没有很大的距离。我
们还占有那许多从他那时代以来新发明的事实这一点优胜。
但是我们对于生命底观念只赢得表现出更准确的矛盾和更多
更复杂的谜。

　　这就是歌德生活底性质和本体底特征所以那么融洽了。

　　这是因为歌德全是希望;他拒绝,他推开一切可以损害
他底生活和理解底意志的东西。他不在任何表面的矛盾前

―――――――――

①　最有力的工具　即数学。

退缩，如果这矛盾可以增加他底丰富。他猛烈地斩断一切羁绊，甚至那最温柔的；他要避开一切疾苦，甚至那最亲近的，如果这羁绊，这疾苦使他害怕他所给出的生命比他从这些印象所收入的多。和他一棵心爱的植物一样，他不断地转向每一刻最光明最温暖的一点……

古代的人，也许，会把他底像塑得和罗马所崇敬的那位怪异的神底暧昧的种族一样；那过路底神，那用两副面孔静观一切可能的事物的过渡底神，牙努士①（Janus）。歌德，这双额的牙努士，一面向着刚结束的世纪；另一面却望着我们。同样，他可以献给德意志一副古典美的面孔，另一副完全是浪漫的表情献给法兰西。

但是这奇怪的雕像一样可以默察一百种其他的二元论；用一个两重的前额去凝视无量数对称的远景，排偶的深度，相成的注意和景象。因为尽罗马所有的牙努士也不足以代表歌德里面的一切矛盾，一切对照——或者，如果你们愿意，一切综合。在他里面发现它们差不多是一种游戏，而这游戏简直使你怀疑他是否有意系统地培植一切相反的事物。

抒情的灵魂在他里面和一个植物学家底沉静忍耐的灵魂互相轮替。他是鉴赏家，他是创作家；他是学者又是风

① **牙努士**　神话中的人物，拉提乌木底最古国王。土星被谪凡间，备受牙努士殷勤款待，感其德，赐以极大的智慧，能知过去未来之事。罗马人为他立庙塑像，用两副面孔来代表他底两重智慧。

流士；他把高贵与天真配在一种说不定是弥菲士拖弗烈斯[①]
（Mephistopheles）从拉模[②]（Rameau）底侄儿学来的玩世主
义上；他会把无上的自由和执行公务的敏捷合在一起。总
之，他随意配合亚波罗与狄安尼梭斯，哥狄式与希腊式，地
狱与众地狱，上帝与魔鬼；正和他在思想里配合莪尔菲主义
与实验科学，康德与幽灵，以及一切事物和它们底反驳者
一样。

　　他这一切矛盾把他高举起来。富于生活力；富于诗底
创造力；自由驾驭他底工具；自由，像兵法家一样，运用
他底内在的策略——自由去反对爱情，反对各家学说，反
对悲剧，反对纯思想和关于思想的思想；自由去反对黑格
尔（Friedrich Hegel），反对菲希特（Johann Fichte），反对牛
顿（Issac Newton），——歌德，毫不着力也没有对手，占据
他在精神世界里的唯一的无上的地位；他那么显赫地占据
它，——或者不如说，创造它，用他底本体把它底条件划定
得那么分明，于是在一八八年就不得不发生，仿佛由于一种

----

① **弥菲士拖弗烈斯**　《浮士德》的魔鬼名字。
② **拉模**　法国十八世纪大音乐家。他底侄儿音乐天才亦极高；但因不事生产，以致
　　落魄不堪，常寄食豪富家。大文豪狄德罗（Diderot）尝与交谈，因用其事写一会
　　话体小说名《拉模底侄儿》（Le Neveu de Rameau）以讽刺他底仇敌。其中写拉模
　　侄儿底谈话，嬉笑怒骂，极玩世之能事。狄德罗为歌德最崇拜的十八世纪法国作
　　家之一，《拉模底侄儿》因事涉时人，不能在法国刊行。手写本传至德国，歌德
　　及席勒均爱读不忍释手，席勒遂献议给歌德译为德文发表。《浮士德》中的魔鬼
　　弥菲士拖弗烈斯底性格受《拉模底侄儿》影响的痕迹极明显。

占星学上的需要一般，那太如意，太凑巧以至失掉它底奇妙性，和似乎太受了一种属于诗的宿命所指挥的呼召与会晤，那拿破仑底呼召与会晤。

"当然"，——那些隐藏着的神秘的众母[①]（Mütter），那些一般凡夫们所不识而我们提到的时候总带着几分惆怅的女神们说不定这样想。——"这两条伟大的路线当然要相遇，而且由它们底相遇要为心灵创造出一桩大事业来。这两颗无匹的灵魂得要互相吸引，并且非至会面不可。这诗人底巨大而且惊人的眼睛一定要见过那皇帝底目光，而这驾驭这许多生命的人和那驾驭这许多心灵的人一定要互相认识——或者——互相承认。"

歌德永远忘不了这次会晤；这毫无疑义地是他底最大的记忆和他底骄傲底金刚钻……

当时的情景其实是非常简单；我们很感兴趣地看见那达利朗王子列席其间，这位极受巴尔扎克推崇的人物小心翼翼地把那极微细的详情记载下来。

要使这样一个题材在文学上出色是那么容易，我竟踌躇在这上面停逗。拿破仑本人就劝人不要虚构些配景，就是

---

① **众母**　见《浮士德》第二部第一幕。浮士德答应为皇帝召唤希腊美男子巴黎及美人海伦底魂魄，求助于弥菲士拖弗烈斯。弥菲士拖弗烈斯交给他一把钥匙，要他到那些住在无空间无时间的深渊底母亲们当中取那灵幻的三脚椅，用这三脚椅便可以致巴黎和海伦底魂魄。"这些众母，"他说，"或坐着，或行着。形成，改作，便是她们底永久思想底永久谈资。"

说，那些本身已经仿佛自然构成的各种太富于幻影与紧要关头的场合底架空的描写……

然而，在这里怎么能够不起遐想，怎么能够不容许浪漫主义和修辞学有它们底分儿呢！况且梭尔邦纳①（Sorbonne）和国家学院都不嫌弃这样做。对偶和排比，说到是处，或者适应心灵上某种需要也未可知。

怎么能够不起遐想呢？我刚才说。

那建立在实行的智慧上的帝国和那建立在自由的智慧上的帝国互相凝视和晤谈了一刻……怎样的一刻呵！……那有组织的革命底英雄，西方底恶魔，武装的强权，胜利底诱惑者，那约瑟勒麦特称为《默示录》所预言的人在埃尔府召歌德；召他，并且把他当人看待，就是说，当平辈看待，——这是怎样的一刻呵！

怎样的一刻呵！……那正是——一八八年——那颗大星达到子午线的时辰，那无价的一刻。

是时辰中的一刻自己对那皇帝说出誓约②中这句话："留住我罢……我这么美丽。"它是那么美丽，全欧洲底国王都来到埃尔府跪在这加冕的浮士德脚下。但是他，他知道他

---

① **梭尔邦纳**　巴黎大学文理科。
② **誓约**　见《浮士德》第一部。歌德和魔鬼立誓约的时候曾经说过这样一句话：如果我对那流过的时刻说，停住罢，你这么美丽！那时你就可以用铁链锁我，那时我就心甘情愿死去……

底真正命运，对于那伟大的将来，并不是战场上的命运。诚然，世界底命运是在他手里；但是他名字底命运却在些执笔的手里；而他底整个伟大，他知道，他，那毕生只梦想着后代的他，那最怕攻讦与讽刺的人，他知道他底整个伟大终要倚靠几个多才的人底爱恶。他要获得诗人们底心；于是，由于一种策略上的计算，他在自己周围聚拢着，除了地上的国王而外，还有许多德国最显赫的文人。

　　他们谈文学。《维特》和法国底悲剧被用来填塞那适当的时间。但实际上完全是另一回事。虽然他们底谈话里没有什么令人感到那让这哥尔斯的皇帝和那将德国底思想上接古典主义光明的泉源和瞥见纯形式底愉快秘窍的人相会面的巧遇和暗合底整个重量，——其实整个世界底事实和可能性却充塞着这会合……但是对于这样一个晤谈，手段是不可少的。每个人都想显得从容自在和选择他底微笑。那是两个要互相勾引的魔术家。拿破仑变为心灵底，甚或文学底皇帝。歌德在这里觉得自己就是心灵底本体。或者那皇帝认识他自己权力底实质比歌德所想象的还要准确得多罢。

　　拿破仑比谁都清楚，他底权力赛过世界上所有的权力，是一种幻术的严格的权力，——一种心灵施诸一般心灵的权力，——一种威信。

　　——他对歌德说：你是一个人。（或者，他说及歌德：这是一个人。）歌德投降了。歌德觉得愉快到灵魂深处。他被捉住了。这受了另一个天才俘虏的天才将永远不能解脱。他将只是淡淡的，当一八一三年全德国都沸腾而大帝国崩溃的时候。

——你是一个人。一个人……就是说：一切事物底衡度，也就是说：一个全人，其余的人比起来都不过是些人底断片，人底初稿，——却不能说是人，因为他们并不衡度一切事物，——像我们，你和我，所做的。在我们里面，歌德先生，有一种异常丰满的德性，——一种要干，要变化，要改造——要使世界在我们去后和从前判然两样的狂热或定数。

歌德呢——这可不出自我底幻想了——歌德沉思着，他印证到他底幽灵底奇怪观念上去。

真的，对于一本第三部《浮士德》，拿破仑是多适宜的一个英雄呀！

——的确，在这两个卜尹，这两个新时代底先知之间，有一种极奇怪的相像只能遥遥地被发现出来，一种对称用不着我深求便显现给我。也许我只能演绎出一个完全幻想的概念：但请看它成立得多自然。我们只要一望便可以看见。

二者都是些具有非常的力量与自由的心灵：拿破仑，驰逐在现实里，把现实猛烈而且凶暴地领导和待遇，带着一种暴怒的姿势指挥事实底乐队，把幻灯式的故事上的速率和兴奋度给人事底现实的步态……他无处不到，无处不得胜；就是灾殃也滋养他底光荣；他从各处发号令到各处。而且，那完整动作底理想的典型，就是说，那预先在心里想象和筹划得无微不至——然后用一种野兽底弛放底敏捷与全力去施行的动作占据着他，为他划下一个极准确的定义。无疑地，就是这性格，就是这个人对于完整动作底组织，赐给他这种大家常常注意到的古代的面目。

我们觉得他属于古代正和我们觉得恺撒（Julius César）是现代的一样，因为二者无论什么时代都可以加入和活动。强劲而且准确的想象不知道有可以阻碍它的传统；至于新奇呢，那正是它分内事。完整的动作随时都可以找着可统治的材料。拿破仑有理解和驾驭一切种族的本领。他统率亚拉伯人、印度人、蒙古人会像他统率纳坡利人到莫斯科，统率撒逊人到卡狄士一样。但是歌德，在他底领域里，邀请，召唤，指挥——欧里披狄无异于莎士比亚，福禄特尔和水星，约伯和狄德罗，上帝自己和魔鬼。他能够同时做林尼①（Carl von Linné）和邓浑，仰慕卢骚（Jean-Jacques Rousseau），又在魏默大公爵底宫廷里解决种种仪节上的困难。而且歌德和拿破仑，二者有些时候都顺着他底天性，受东方底诱惑。拿破仑在回回教身上赏识一个简单和勇武的宗教，歌德醉心于哈菲慈②（Hafiz）：二者同钦慕牟罕谟德（Muhammad）。可

---

① **林尼**　瑞典生物学家。
② **哈菲慈**　波斯三大诗人之一。歌德晚年底《东西抒情诗集》（West stlicher Divan）受他底影响极深。

是还有比受东方诱惑更是欧洲性底明证的么？

　　二者都具有那些最伟大的时代底面目；他们令人同时想起神话时代底希腊和雅典时代底希腊。但这里又是另一种惊人的相似点了：他们两人都蔑视空想。纯理论都不讨二人底欢喜。歌德不肯为思想而思想，拿破仑看不起一切用不着批准、实验和施行——没有积极和显著的功效的心灵构造。

　　最后，二者对于宗教都抱持着一种颇相仿佛的态度，重视中混着轻蔑；不论什么宗教，他们一律要用作政治或戏剧底工具，并且只在那上面看出他们各人底舞台上的弹簧。

　　一个，无疑地，是人中最贤明的；另一个，最疯狂的；但是正因为这样，两个都是世界上最惊心动魄的人物。

　　拿破仑是疾雷的灵魂，是军队底集中和暗中准备的火然后奋怒地放发的灵魂，是和天灾一样由袭击多于由武力来发动的灵魂；——总之，是火神主义（Vulcanisme）应用在战术上甚至实行在政治上，因为对于他，问题是要在十年内再造这世界。

　　但是那大差异就在这里了！歌德不喜欢火山。他底地质学和他底定数一样贬责它们。他采用那渐渐改良底深沉系统。他深信，几乎可以说钟爱，那大自然底母性的和缓。他将要活得很长命。长命，丰满的命，崇高而且快乐。人神对他都不残酷。再没有人比他更会，并且那么得当，在创造底快乐上配以享用底快乐的了。他晓得把一种普遍的兴趣加在他底生活底细节，加在他底游戏，甚而加在他底烦闷上。把一切都化作灌注心灵的仙露：这实在是一个大艺术。

他是一个贤哲，——有人对我们说，——贤哲吗？——是的。可是还要加上一切恶魔性才得完全，——还要加上心灵底自由上的一切绝对性和不可分离性去役使那恶魔，——并且终于欺骗了他。

傍晚的时分，在欧洲底中心，自己是一切精神民族底注意和钦慕底中心，自己里面是浩大的好奇心底中心，是生活底艺术和深究生活兴趣底艺术底最精博最高贵的大师，——天才底多方面的爱好者，Pontifex Maximus（至尊的教主）[①]，就是说，沟通各世纪和各文化底金桥底伟大建筑师，他很光明地老下去，在他底古玩，他底植物标本，他底雕刻，他底书籍，他底思想和他底心腹朋友中间。迟暮的时候，他说的话没有一句不变成预言的。他掌握一种最高的任务，一种欧洲心灵底裁判权比福禄特尔[②]（Voltaire）底还要辉煌还要威赫，因为他晓得用福禄特尔造下的许多破坏作前鉴，不去招惹和激起后者所牵动的怨恨和愤怒。

他觉得自己变成了一座象牙和纯金塑就的至高的清明的宙士，一个曾经在无数的化身下幸临过无数的佳丽，和创

---

① **Pontifex**（教主）一字前半段与法文"桥"(Pont) 字同写法，故生出下文底"就是说，沟通各世纪和各文化底金桥底伟大建筑师"一语。

② **福禄特尔**　为十八世纪欧洲文坛盟主，亦是歌德极崇拜的法国文学家之一。

造过无数的威望的光明的神。他看见无数的神灵把自己推拥着，其中有些是他底诗人底产物；有些是他底极亲爱极忠心的观念，他底生物变化论，他底反牛顿的颜色学，和无数他底亲密的心灵，他底幽灵，他底天才……

在这成神底紫色远景中，也有几个平辈显现给他。拿破仑，也许，那目光还留在他眼里的他底一生最大的记忆。沃尔刚歌德快要熄灭了，在那皇帝死后约十余年，在这几乎等于他底美妙的圣海伦岛^①（Sainte Hélène）的小魏默里——既然全世界底视线集中在他底邸第正和从前集中在隆晤特一样，而且他也有他底名叫米勒和埃克曼的拉士卡士和孟多隆^②。

多庄严的黄昏呵！那投射在他底丰盈和金色的生命上的是怎样的目光呵，当他在年龄底极端还凝望着，——我怎么说呢，——还调制着他自己的暮霭，用那由他底努力积聚起来的博大的精神的富裕底光华，用那由他底天才散播出来的博大的精神的富裕底光华。

——浮士德现在可以说："时刻呵，你这么美丽……我

---

① 圣海伦岛　拿破仑失败后，被放逐于该岛。

② 米勒（Müler），是歌德底亲近朋友，埃克曼（Eckermann）是他底极忠心的书记，二人都有《歌德谈话录》行世。拉士卡士（Las Casse）是法国历史家，孟多隆（Montholon）是法国大将，二人均伴拿破仑于圣海伦岛，前者著有《圣海伦日记》（Le Mémorial de Sainte Hélène），后者著有《圣海伦备忘录》（Les Mémoires de Sainte Hélène）。

情愿死了……"①。

　　但是为海伦所呼召，他显现得救了，由普天下底公意列入一切思想底父亲和诗底博士中了：PATER ÆSTHETICUS IN AETERNUM（永久的美学底大父亲）。

　　　　　　　　　　　　二十四年二月十二日译完。

　　幽灵（Dämon）直译即"鬼神"或"幽灵"底意思。希腊大哲梭格拉底常说他底行为常受他心内一个幽灵底声音所指导。法国十六世纪大散文家蒙田曾有一段解释这精神现象的文字："梭格拉底底幽灵，据我底意见，就是某种意志底冲动，不待他底理性允许便呈现给他。在一颗修养这么深的灵魂，不断地受智慧与道德底陶冶，大概连这种率性，虽则是偶然，也是良善而且值得听从的罢。每个人在他底内心都有这种骚动底影像。我也曾经有过。我任它们推移对于我是这般有益和顺利，简直可以想象它们是从神圣的灵感来的。"歌德底幽灵主义（Démonisme），不用说也是从梭格拉底底观念转变来的，在他底思想里占一极重要的位置。他底诗文和谈话关于这幽灵底解说或描

---

① 见《浮士德》第二部第五幕。浮士德盲后，仍旧孜孜设计要将沿海底沼泽填成陆地，兴高采烈中说出："对那流过的时刻我于是可以说：停住罢，你这么美丽！"应了他和魔鬼誓约中的话，遂立刻死去。

写真是屡见不鲜。最重要最具体的大概是在他底《太
初之道》一诗和他底自传《诗与事实》(*Dichtung und
Wahrheit*) 中关于他底剧本 *Egmont* 之产生的一段文字
里。《太初之道》共分"幽灵"、"机缘"、"爱"、"需要"
和"希望"五段，亦即代表那支配人生的五个基本原
理。他自己关于"幽灵"一段解释道：幽灵在这里是
指一个人底个性，那狭隘的、必然的个性，在他初生
时已经显露出来了；就是由这特性他别于其他的人，
无论他们相似之点如何大。这限制，人们诿诸一颗有
影响的星；而天体底运行，或它们和这地球或介乎它
们之间的无数不同的关系，很可以归附到生辰底各种
变迁上去。一个人底未来的命运也是从这里出发，并
且，一接受这第一点之后，我们便可以承认先天的力
量和个性制定了人底命运比其他各种力量都多些。……
无疑地，以"有限生物"底资格，无论它怎样固定，
总免不了毁灭；但是它底种子一天存在，它是不会分
裂或破碎的，即使经过了好些世代。在《诗与事实》
里他说：他（指他自己）相信在有生或无生的自然里
发现一种东西只由矛盾才显现出来，因而不能被包括
在一个观念或一个字里。这东西不是神圣的因为它似
乎非理性的，也不是人性的因为它没有智慧，也不是
魔鬼的因为它是善意的，也不是天使的因为他常常又

似乎幸灾乐祸。他仿佛机缘，因为它是不一贯的；它有几分像天命，因为它指示出一种连锁来。……这似乎适宜于插入，分离或联合其他整体的整体，我称它为幽灵，依照许多古人和那些曾经观察过差不多同样现象的人底榜样。由此可知道所谓幽灵主义对于歌德底意义了。纪德在他底《蒙田论》里也说：在那极少数的第一流作家中，蒙田所以终逊歌德一筹，其中一个原因便是歌德越来越留心倾听这内在的声音，而蒙田底幽灵老早就被他底理性窒塞住了。梵乐希在本文里所给的解释也可以参证。

（译者原注）

初刊一九三五年十月《东方杂志》三十二卷十三期，
入集《诗与真二集》

《骰子底一掷》

《骰子底一掷》是马拉美一首独创的奇诡的诗名缩写，全名是《骰子底一掷永不能破除侥幸》(*Un coup de dés jamais n'abolira le hasard*)。

（译者原注）

我深信我是看见这非常的作品的第一个人。刚写完，马拉美便请我到他家里去；他把我带到他那罗马街底书房里，在那里，在一张古旧的壁锦后面，贮藏着许多笔记底包裹，他那未完成的杰作底秘密的材料，一直到他底死，那由他发出的它们底毁灭底信号。他把这诗底手写本放在他那弯腿的黝黑方桌上；他开始用一种低沉，平匀，没有丝毫造作，几乎是对自己发的声音诵读。

我喜欢这极端的自然。我觉得人类底声音，在那最接近它源泉底亲切处，是这么美，以致那些职业的朗诵家对于我几乎永远是不可耐的：他们自以为阐明、诠释，其实却充塞、败坏一首诗底意旨，改变它底和谐；他们用自己抒情的腔调来替代那些配合的字本身底歌。他们底职业和他们那似是而非的技术可不是要人暂时以为那些最散漫的诗句是崇高的，而使大多数只靠自己而存在的作品显得可笑，甚或把它们毁灭吗？唉！我有时居然听见人朗诵《海洛狄亚德》，和那神妙的《天鹅》呢！①

　　马拉美既对我，仿佛是为一个更大的惊讶的简单准备，用最平匀的声音读他底《骰子底一掷》之后，终于令我审视那法令底本文。我仿佛看见一个思想底形态第一次安置在我们底空间里……在这里，面积的确在说话，沉思，产生一些物质的形体。期待、怀疑和集中的是些可睹的实物。我底目光接触着一些现身的静默。我悠然自得地静观着许多无价的刹那：一秒钟底一小部分，在那里面一个观念惊诧，闪耀和破碎的；时间底原子，无数心理的世纪和无限的影响底萌芽，——都终于像实体一般显现出来，给它们那变成了有形的空虚环绕着。那是些微语，暗示，对于眼睛的雷鸣，整个精神的风浪被引导从一页到一页以至思想底极端，以至那不可言喻的砰然破碎的顶点：在那里，威灵骤然产生出来；在那里，就在纸上，我不知什么最后的星辰无限清纯地熠耀在意识间的空虚里颤动，——在这同一的空虚里，仿佛一种新物体，成堆成串和成系地分布，共存着那"语言"。

　　这空前的凝定使我愣住了。全诗令我神往得仿佛一群新星被提示给天空；仿佛一个终于有意义的星座显现出

————————

① 《海洛狄亚德》(Hérodiade) 是马拉美两首著名长诗之一；《天鹅》(Cygne) 是他底最完美的"商籁"之一。

来。——我可不在目睹一件具有宇宙性的事件，而此刻，在这桌上，由这人，这冒险家，这个那么朴素，那么温柔，那么自然地高贵和可爱的人展示给我的，可不有几分是"语言底创造"底理想景象吗？……我感到为自己的印象底纷纭所眩惑，为景象底新奇所抓住，整个儿给无数的怀疑所分裂，给未来的发展所摇撼。我在万千个不敢说出来的疑问中寻找一个答案。我是一个惊羡、抗拒、热烈的关心、初生的类同底组合体，在这心灵底创造面前。

至于他呢，——我相信他毫无惊讶地审视着我底惊讶。

＊　　＊　　＊　　＊　　＊

一八九七年三月三十日，当他把那将由世界书店（Cosmopolis）出版的这首诗底校样交给我时，他带着一个可敬的微笑——那由他底宇宙意识启发给他的最纯洁的骄傲底装饰——对我说："你不觉得这是一个疯狂的举动吗？"

马拉美提倡的诗歌理论十分重视版面及字体，他认为每一种字体和空间都有其特定的意义，阅读诗歌时要从整体着眼，一本书打开之后，双页要作为一页来看。

过了不久，在瓦尔文（Valvins），在一个开向一片静谧的田野的窗缘，他把那由腊于勒（Lahure）书店精制的大版本（它始终没有出来）底辉煌校样打开，重新问我关于字体安排（这是他尝试底主要点）底某种枝节的意见。我搜寻：我提出一些异议，但唯一目的是希望他答复……

同日晚上，他伴我到车站去。七月底繁天把万物全关在一簇万千闪烁的别的世界里，当我们，幽暗的吸烟者，在大蛇星、天鹅星、天鹰星、天琴星当中走着，——我觉得现在简直被网罗在静默的宇宙诗篇内：一篇完全是光明和谜语的诗篇：照你所想象的那么悲惨，那么淡漠；由无数的意义所织就；它聚拢了秩序和混乱；它同样有力地否认和宣扬上帝底存在；它包含着，在它那不可思议的整体里，一切的时代，每时代都系着一个遥遥的天体；它令你记起人们最确定、最明显、最不容置辩的成功，他们底预期底完成，——直到第七位小数；又摧毁这作证的生物，这敏锐的静观者，在这胜利底徒劳下……① 我们走着。在这样一个夜底深处，在我们互相交换的谈话中，我沉思着那神奇的尝试：怎样的典型，怎样的启示呀，那昊苍！在那里，康德，或许颇天真地，以为看出了道德律的，马拉美无疑地瞥见了一种诗底"命令法"：一种诗学。

这璀璨的散布；这些灰淡的如火的丛林；这些判然各别

---

① 这段话显然是记起和为了回答巴士卡尔这有名的思想："这无穷的空间底永恒的静使我悚栗"而写的。法国现代哲学家彭士微克（Brunschvig）以为梵乐希这段沉思，同时由"生命本能"底语言和"理性智慧"底语言构成的，很奇妙地说明哲学史上本能与理性两种展望底错综的混乱。

而又同时存在的几乎是精神的种子；那由这满载着无数的生和死的静默所提示的浩荡的问号；这一切——本身是光荣，无数矛盾的现实和理想底奇异的总和——可不应该暗示给一个人那要将它底"效力"重造出来的无上的诱惑吗！

"他终于，"我想道，"试去把一页书高举到和星空底权力相等了。"

*　　*　　*　　*　　*

他底发明，从语言、书籍、音乐底分析演绎出来，苦心搜索了许多年，完全建立在那对于"页"——视觉的统一——的考虑上。他曾经很仔细研究（甚至在广告和报章上）黑白分配底效力，以及字体底强烈。他想发展这些一直到他手上还是专为粗糙地引起注意或当作文字底天然点缀的方法。但一页书，在他底系统里，得要，一面诉诸那在阅读之先而又包含着阅读的流览，"指挥"全诗结构底进行；由一种物质的直觉，由一种介乎我们种种不同的知觉或我们感觉底不同的步骤之间的前定和谐，令我们预感到那将要显现给我们机智的内容。他输入一种肤浅的阅读，把它和那文学上的阅读联系起来；这简直是为文学国度增加了一个第二方向（Dimension）。

我们别误会作者（在世界书店极不完全的版本底序里）

所认许的朗诵《骰子底一掷》的自由。它只适用于一个已经和本文熟悉的读者：眼睛望着这抽象的图像底美丽画册，他终于能够用自己的声音来兴起这心灵的冒险或危机底表意文字的大观。

在他写给纪德而纪德一九一三年在"老鸽巢戏院"演讲时曾引用过的一封信里，马拉美很清楚地说明他底意旨：

"这诗，"他写道，"正在印刷中，关于'页'的安排（整个效力都在这上面）完全依照我底意思。有些大写的字自己便需要全页的空白，而且我相信必定发生效力。一有适当的校样我便寄一份到翡冷翠给你。那上面的星座当然要。依照一些准确的规律并且在一页印刷的文字所能够做到的范围内，饰取一个星座底步态，船只在那上面做成倾斜的样子。从页顶到页底，等等；因为，而这就是那整个观点（我在一个定期刊物上不得不略去的），一句话底节奏对于一件事，甚或一件物，除非把它们摹仿出来，是没有意义的，而且印在纸上，用字来替代原来的木板画，无论怎样也传达不了多少。"

我觉得我们不应该把这首诗底创造看作由两个相继的动作实现的：一个是依照平常写诗的方法，就是说，脱离一切空间底形态和广袤；另一个赐给这写定本那适合的安排。马拉美底尝试必然地比这更深刻。它是在构思那一刻，是一种构思底方式。它并不沦于把一个视觉的和谐嵌在一个先存的

心灵旋律上；却要求一个对于自我的极端、准确和精微的占
有，由一种特殊的训练得来，使我们可以，从某根源到某终
点，指导"灵魂底各别的部分"底复杂和刹那的一致。

二十五年四月十四译

原刊《诗与真二集》

（法国）都德

Alphonse Daudet（1840—1897）

旗　手

这篇所写的是一八七〇年普法战争的一个插话。

（译者原注）

一

我们的连队靠着铁路的一个斜坡做阵地，并且成为对面树林下密集的普鲁士军的靶子。双方隔着八十米开火。军官们喊道："卧倒！……"但没有人服从，整个傲岸的连队挺立着，集合在军旗的周围。在那斜阳照射着的丰熟麦田和牧场的辽阔地平线上，这一堆被浓烟笼罩和困厄着的人，就像一个在旷野上被巨大风暴的第一个旋涡所袭击的羊群一样。

因为铁片简直像雨似地落在这斜坡上！只听见炮弹的爆炸声，餐盒滚进壕沟里的重浊声，以及那像一个阴惨高亢的乐器紧张的弦音，从战场的一端到另一端不断地颤动着的子弹声。有时，那高举在头上的旗，受了开花弹的摇撼，在浓烟中沉没了：那时便听见一个严肃傲岸的声音，压倒了轰炸，压倒了伤兵们的喘息和咒骂："举旗，孩子们，举旗！……"立刻，红雾里一个军官，影子一般模样，冲上前去，于是那英勇的旗又活生生的，依旧飘扬在战阵上。

这旗二十二次倒下来了！……那还温暖的旗杆第二十二次从奄奄一息的士兵手里溜了出来，重新被抓住，高举起来；而当着在落日的光芒里，那连队剩下的几乎不到一小撮人慢慢地且战且退的时候，那支旗在当天第二十三个旗手贺尔奴斯中士的手里，已经不过是一张破布了。

二

贺尔奴斯中士是个有三划袖章的老兵，他几乎不晓得签名，而且花了二十年的时间才赢得这中士的袖章。孤儿所特有的悲惨，兵营生活所特有的蠢钝，全部在这固执的低矮的额头，这给背囊压弯了的腰，和这久在行伍里的"丘八"的步伐显露出来。此外还加上一点口吃，但充当旗手是不需要口才的。苦战的当天晚上，连长对他说："你有了军旗，好伙计，那就好好保持它吧！"于是在他那久历风雨和战火的可怜破军袍上，军需员立刻绣上了一道中尉的金色滚边。

那是这卑微的一生中唯一的骄傲。这老兵的腰马上挺直起来。这个习于弯着腰，眼盯着地下走路的可怜家伙，从那一刻起，便变为一个神气昂扬的人物，永远抬起眼睛去望着那张破布飘扬，并把它保持得又高又直，让它永远飘扬在死亡、卖国行为、溃败……之上了。

你从不会看见一个人像贺尔奴斯打仗时那样快活的，当他双手握住那紧插在皮匣里的旗杆的时候。他一声不响，一动也不动。严肃得像一个传教士，他仿佛在握住一件神圣的东西。他的全部生命、全部力气，都集中在那十个紧握着那张敌人子弹向它猛射的闪着金光的破布的手指里，也在那双充满了挑战的眼里，那双眼盯住对面的普鲁士兵，仿佛在说："试来把它拿走看！……"

谁也不去试，连死神在内。在波尔尼，在格拉弗洛①，这些伤亡惨重的战役之后，这支军旗东奔西跑，剁碎，刺穿，遍体鳞伤得几乎透明了；但还是老贺尔奴斯把它握住。

三

然后九月来了：麦兹城的屯军，敌人的封锁，和那在泥

---

① 波尔尼和格拉弗洛都是法国地名。一八七〇年八月十四日，法军在前一个地方击退了普军的进攻，普军遗下尸体二千。同年八月十八日，法军以十四万人、四百五十门大炮与拥有二十五万人、七百门大炮的普军在后一个地方对抗，结果法国损失一万五千人，普军损失二万五千人。

泞里的长期停顿①，以致大炮都生锈了，以致那原是世界上的第一等军队，因缺乏行动、粮食和消息而军心涣散了，在他们的一束束枪架下恹恹欲毙。无论军官或士兵，谁也不再希望了；只有贺尔奴斯依然满怀信心。对于他，那张三色破布就是一切；只要他一天感到它在那里，就什么都健在。不幸的是，因为没有仗打，连长把旗留在他的麦兹近郊的家里。于是老好的贺尔奴斯就几乎等于一个把孩子交给乳母喂养的母亲。他无时无刻不在怀念它。有时候，当他烦闷到忍不下去了，他一口气跑到麦兹去。只要他看见它还在原来的位置，静静地靠着墙，他便充满了勇气和忍耐回来，带回来——在他那湿透了的帐篷里——一些打仗的梦，一些冲锋杀敌的梦：梦见他的三色旗在那边，在普鲁士的战壕上，浩浩荡荡地飘扬着，招展着。

巴冼纳元帅一道命令把这些幻想全打碎了。一天早上，贺尔奴斯醒来，看见全营哗然，士兵们三五成群，气冲冲地，互相鼓动着，带着愤怒的叫嚷，高举的拳头齐指向城里，仿佛他们的恼怒同指着一个罪犯似的。他们嚷道："把他绑走！……枪毙他！……"军官们听由他们嚷……只闪在一旁低头走着，仿佛无面目见自己的士兵似的。那确是件可

---

① 巴冼纳元帅当时拥有十七万最精锐的法军，被普军包围于麦兹城，原可突围而出，但蔽于个人的野心，私与普军议和，按兵不动。卒之中了普军的缓兵计，粮食告竭，不得不举军投降。

耻的事。他们刚刚对十五万装备优良的完全健全的士兵宣读完元帅不战而把他们交给敌人的命令。

"军旗呢？"贺尔奴斯问，脸色变白了。……军旗、枪枝和全副装备所剩下的一切通通要交出去。

"天……天……天呀！……"这可怜的人结结巴巴地说。"他们总拿不走我的！……"于是他发脚往城里跑去。

四

在那里也是一片骚然。国民军、市民、后备军咆哮着，骚动着。一群参议员走过，颤巍巍地，要谒见元帅去。贺尔奴斯呢，他什么也看不见，什么也听不见。他只独自喃喃着，当他沿着城郊的街上走的时候。

"拿走我的旗！……还了得！……是可能的吗？谁有这权力？让他把他自己的东西交给普鲁士人，他那金色的四轮大马车，他那从墨西哥带回来的银餐具！①但这旗，它是我的……是我的荣耀。我决不许人碰它！"

这些话给跑步和口吃砍得零零碎碎的；但究其竟，他心中自有主意，这老头子！一个极其清楚极其坚决的主意：把旗拿过来，带到连队当中，然后和那些愿意跟随他的一起冲

---

① 巴冼纳在法国占领墨西哥时曾任法国军总司令，以贪婪著称。

进普鲁士营里去。

　　他到达那边的时候，连门也进不去。因为他的连长也气极了，什么人都不愿接见……但贺尔奴斯并不这样想。

　　他咒骂，咆哮如雷，拼命推那传令兵："我的旗……我要我的旗……"终于，一个窗打开了。

　　"是你吗，贺尔奴斯？"

　　"是，我的连长，我……"

　　"所有的旗都在军械库……，你只要到那里去，人家就会把收条给你。……"

　　"收条？……干吗用的？……"

　　"是元帅的命令。……"

　　"但，连长……"

　　"滚蛋！让我安静！……"窗又关上了。

　　老贺尔奴斯像醉汉一样摇晃着。

　　"收条……收条……"他机械地反复说。……终于，他又开步走了，他只晓得一件事：旗在军械库，不管怎样，一定要把它拿回来。

五

　　军械库的门大开着，好让在院子里排队等着的普鲁士辎重车通过。贺尔奴斯走进去的时候打了一个寒噤。所有其他的旗手都在那里，五六十个军官，垂头丧气的，默不作声；这许多淋着雨的阴森森的车辆，这许多挤在车辆后面的光着头的人：简直像是在出殡。

所有巴冼纳军的旗都堆在一角，在泥泞中混作一团。再没有什么比这一大堆闪光的破丝绸，这一大堆金边和刻镂精致的旗杆的残骸，这一切狼藉在地上任由雨和烂泥弄脏的光荣的道具，显得更凄凉的了。一个管理部门的军官把它们一一接过去；每个旗手，一听到喊他那连的名字，便走上去取收条。直挺挺地，冷冰冰地，两个普鲁士兵监视着接收的进行。

而你们就这样逝去了，神圣的光荣的破烂三色旗呵，祖开了你们的裂缝，像折了翅膀的鸟儿般凄凉地扫着泥泞的街石！你们带着一切被玷污的美丽事物的耻辱逝去，每一支都带走了法兰西一点光辉。长征的太阳还藏在你们的残旧褶纹里。在累累的弹痕里你们保留着那些无名死者的记忆，他们在被瞄准的旗帜下偶然倒下来。……

"贺尔奴斯，轮到你了……已经喊你的名字……去拿收条吧……"

果然是收条这回事！

他那支旗就摆在那里，在他面前，确确实实是他的，是其中最美丽最残破的一支旗。……当他看见它的时候，他以为还是在斜坡上。他听见炮弹在歌唱，餐盒在打滚，和连长的声音："举旗，孩子们……"然后是那倒下来的二十二个同志，和轮到他第二十三个冲向前去扶起，去支撑那支无倚靠的危危欲倒的可怜的旗。呀！当天他曾经发誓要保卫它，保持它到死。现在呢……

　　想到这里，他心脏的每一滴血都涌到头上了。疯了，不顾一切，他扑向那普鲁士军官，把他心爱的旗夺过来，双手紧紧地抓住它；然后试去把它再一次举得又高又直，一面喊着："举……"但他的声音停留在喉咙里。他感到旗杆在摇晃，从他手里溜出去。在这沉闷的空气中，在这沉重地坠压着降敌的城市的死沉沉空气中，旗再也不能飘扬了，什么有傲气的都再活不下去了。……于是老贺尔奴斯突然倒了下去。

初刊《作品》一九六二年一月号